JAN 0 7 2016

D1130251

Tren nocturno

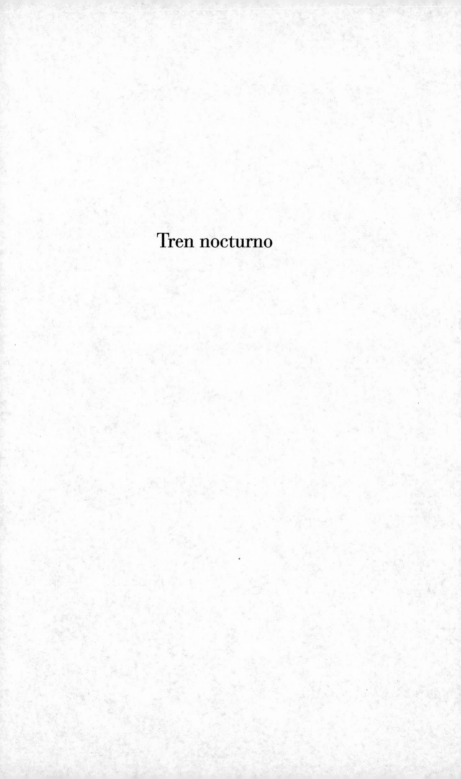

Martin Amis

Tren nocturno

Traducción de Jesús Zulaika

ROUND LAKE AREA
LIBRARY
906 HART ROAD
ROUND LAKE, IL 60073
(847) 546-7060

EDITORIAL ANAGRAMA

BARCELONA

Título de la edición original:
Night Train
Jonathan Cape
Londres, 1997

Diseño de la colección: Ggómez.guille@guille01.com
Ilustración: Guille Gómez

Primera edición en «Panorama de narrativas»: marzo 1998
Primera edición en «Edición Limitada»: septiembre 2015

© De la traducción, Jesús Zulaika, 1998

© Martin Amis, 1997

© EDITORIAL ANAGRAMA, S. A., 2015
   Pedró de la Creu, 58
   08034 Barcelona

ISBN: 978-84-339-2840-5
Depósito Legal: B. 16115-2015

Printed in Spain

Liberdúplex, S. L. U., ctra. BV 2249, km 7,4 - Polígono Torrentfondo
08791 Sant Llorenç d'Hortons

Para Saul y Janis

Primera parte

Retroceso

Soy poli. Tal vez suene a una declaración poco frecuente, o a una manera poco usual de expresarlo. Pero es una forma de decirlo que tenemos. Entre nosotros nunca diríamos soy policía –hombre o mujer– o soy un detective de la policía. Así que soy poli y mi nombre es Mike Hoolihan, detective Mike Hoolihan. Y además soy una mujer.

Lo que me dispongo a ofrecer aquí es el relato del peor caso que me ha tocado resolver en toda mi carrera. El peor caso para mí, se entiende. Cuando eres poli, «peor» es un término muy elástico. No se puede fijar muy bien cuál es su alcance. Sus fronteras se ensanchan un día sí y otro también. «¿Peor?», diríamos enseguida. «No existe tal cosa, no existe *peor*.» Pero para la detective Mike Hoolihan éste fue el peor caso.

En el CID,[1] sito en el centro de ciudad, con sus tres mil funcionarios, hay muchos departamentos y subdepartamen-

1. Criminal Investigation Department: Departamento de Investigación Criminal. *(N. del T.)*

11

tos, secciones y unidades cuyos nombres están siempre cambiando: Crimen Organizado, Crímenes Mayores, Crímenes Contra las Personas, Delitos Sexuales, Robo de Automóviles, Detección de Fraudes, Confiscación de Activos, Servicio de Inteligencia, Narcóticos, Secuestros, Robo con Fractura, Robo a Mano Armada... y Homicidios. Hay una puerta de cristal en la que se lee «Vicio». No hay ninguna puerta de cristal en la que ponga «Pecado». La ciudad es la Ofensa. Nosotros somos la Defensa. A grandes rasgos, ésa es la idea.

He aquí mis credenciales: a los dieciocho años me matriculé en un máster en Administración de Justicia Penal en la Pete Brown. Pero lo que a mí me gustaba en realidad eran las calles. Y no podía esperar. Me examiné para agente motorizado del estado, para la patrulla de fronteras e incluso para funcionario de prisiones. Lo aprobé todo. Y también pasé el examen de ingreso en la policía. Dejé Pete Brown y entré en la Academia.

Empecé haciendo rondas en la Zona Sur. Formaba parte de la Unidad de Estabilización Vecinal de la Cuarenta y cuatro. Hacíamos rondas a pie y turnos de radio-patrulla. Luego, durante cinco años, estuve en la Unidad de Atracos a Ciudadanos de la Tercera Edad. Un tiempo en el servicio Pre-Acción –señuelos y encerronas– fue mi pasaporte para la ropa de paisano. Luego otro examen y me enviaron al centro urbano, con mi placa. Ahora estoy destinada en Confiscación de Activos, pero durante ocho años estuve en Homicidios. Investigaba muertes violentas. Era una poli de Homicidios.

Unas palabras sobre mi aspecto. Sobre el físico, que heredé de mi madre. Adelantada a su tiempo, mi madre tenía ese aspecto que hoy se asocia a las feministas muy politizadas. Podría haber hecho el papel de villano varón en una *road movie* posnuclear. También heredé su voz, una voz que se había vuelto más y más grave tras tres décadas de abuso nicotínico. Las facciones las heredé de mi padre. Son más rurales que urbanas: planas, desdibujadas... Tengo el pelo rubio teñido. Nací y crecí en esta ciudad, en Moon Park. Pero todo se fue al garete cuando tenía diez años, y a partir de entonces fui educada por el estado. No sé dónde están mis padres. Mido uno setenta y ocho y peso ochenta y un kilos.

Hay quien dice que nada se puede comparar a la adrenalina (y el dinero sucio) de Narcóticos, y todos están de acuerdo en que Secuestros es una gran broma (si el homicidio en Norteamérica es en gran medida cosa de negros, el secuestro es en gran medida cosa de bandas), y Delitos Sexuales tiene sus seguidores, y Antivicio sus devotos, e Inteligencia significa exactamente eso (Inteligencia trabaja en lo soterrado, y saca a tierra firme a los malhechores de las simas de alta mar), pero todos somos perfectamente conscientes de que Homicidios es el departamento rey. Homicidios es el que se lleva todos los aplausos.

En esta ciudad norteamericana de segundo orden, moderadamente afamada por su Torre de Babel financiada por los japoneses, sus puertos mercantiles y deportivos, su universidad, sus empresas de aliento futurista (*software* informático, industrias aeroespacial y farmacéutica), su alta tasa de paro y la catastrófica fuga de los contribuyentes de los barrios céntricos, la policía de Homicidios se ocupa aproximadamente de una docena de muertes al año. A veces eres un investigador a cargo del caso, y a veces juegas un papel secundario. A mí me ha tocado ocuparme de un centenar de casos de homicidio. Mi porcentaje de casos resueltos es superior a la media. Sabía descifrar lo que veía en el escenario del crimen, y más de una vez se me ha descrito como una «interrogadora excepcional». Mis informes eran realmente notables. Cuando llegué al CID desde la Zona Sur todos pensaban que mis informes serían de «calidad de barrio». Pero se encontraron con que fueron de «calidad de centro urbano» desde el mismísimo principio. Y procuré mejorarlos aún más, y dediqué a ello todos mis esfuerzos. Una vez realicé un trabajo muy, muy competente, confrontando dos testimonios contrapuestos en un caso realmente delicado de homicidio en la Setenta y tres: un testigo/sospechoso frente a otro testigo/sospechoso. «Comparado con lo que me dais a leer vosotros, chicos...», dijo el sargento Henrik Overmars agitando mi informe ante las narices de la brigada en pleno, «a esto le llamo yo jodida oratoria. El jodido Cicerón frente a Robespierre.» Hice mi trabajo lo mejor que pude hasta que llegué a ese punto en que uno no puede dar ya más de sí. En todos estos años me he visto envuelta de un modo u otro en unas mil muertes violentas, la mayoría de las cuales resultaron ser suicidios o accidentes, o sencillamente desdichados que no habían recibido el debido auxilio. Así que he visto de todo: tipos que saltan al vacío, que se tiran al mar, «zapatos de hormigón», desangrados, ahogados, destrozados, asfixiados, pasados de droga, reventados... He visto cuerpos de niños de un año brutalmente apaleados. He visto cuerpos de nonagenarios sometidos a bárbaras violaciones múltiples. He visto cuerpos que llevaban muertos tanto tiempo que lo único que se le ocurre a uno para determinar la hora de la muerte es medir el tamaño de los gusanos. Pero de todos los cuerpos que he visto en toda mi vida ninguno ha permanecido en mí, en lo más hondo de mis entrañas, como el cuerpo de Jennifer Rockwell.

Digo todo esto porque soy parte de la historia que me dispongo a contar, y siento la necesidad de empezar dando una cierta idea del lugar de donde vengo.

Hoy –uno de abril– considero el caso «resuelto». Cerrado. Concluido. *Archivado*. Pero la solución no hace más que apuntar a una mayor complejidad. He cogido un nudo fuerte y compacto y lo he dejado reducido a un amasijo de cabos sueltos. Esta tarde voy a ver a Paulie No. Y voy a hacerle dos preguntas. Y él me dará dos respuestas. Y se acabó. Este caso ha sido el peor de todos los casos. Y me pregunto: ¿Soy yo? Pero sé que tengo razón. Mi visión es la correcta. Es el caso. El culpable es el propio caso. Paulie No es –como solemos llamarlo– el «cortador» del estado. Corta los cuerpos para el estado. Disecciona los cuerpos de la gente y te dice cómo han muerto.

Permítanme disculparme por anticipado por mis palabras soeces, por mi sarcasmo morboso y mi intransigencia. Todos los polis somos racistas. Forma parte de nuestro trabajo. La policía de Nueva York odia a los portorriqueños, la de Miami a los cubanos, la de Houston a los mexicanos, la de San Diego a los amerindios y la de Portland a los esquimales. Y aquí odiamos a todo el que no sea irlandés. O policía. Cualquiera puede llegar a ser poli –judíos, negros, asiáticos, mujeres...–, y en cuanto llegas a serlo entras a formar parte de una raza llamada «la policía» cuyos miembros tienen la obligación de odiar a los miembros de las demás razas.

Estos papeles y transcripciones han sido elaborados a retazos a lo largo de un período de cuatro semanas. Pido disculpas también por las posibles incorrecciones en los tiempos verbales (difíciles de evitar cuando se escribe de personas muertas tan recientemente), y por la informalidad de los diálogos. Y supongo que también pido disculpas por el desenlace. Lo siento. Lo siento, lo siento...

Para mí todo empezó la noche del cuatro de marzo, y luego fue evolucionando día a día, y esta parte de la historia la voy a relatar del modo siguiente:

4 de marzo

Aquella noche estaba sola. Mi compañero Tobe estaba de viaje, en no sé qué convención de informática. Yo ni siquiera había empezado a cenar. Estaba sentada con mi biografía para el Grupo de Debate abierta sobre el sofá, junto al cenicero. Eran las ocho y cuarto. Recuerdo bien la hora porque me acababa de despertar de una cabezada el tren nocturno, que pasaba temprano como todos los domingos. El tren nocturno que hace temblar el suelo de mi apartamento. Y permite que no me suban el alquiler.

Sonó el teléfono. Era Johnny Mac. Le llamamos así al sargento John Macatitch. Un colega en Homicidios que luego ha ascendido a supervisor de la brigada. Un gran tipo, y un poli de primera.

–¿Mike? –dijo–. Voy a tener que pedirte un favor muy gordo.

Y yo le dije: Venga, suéltalo.

–Algo muy feo, Mike. Quiero que me hagas una nota.

Una «nota» es una n.d.m., una notificación de muerte. Dicho de otro modo, quería que fuera a ver a determinada persona para comunicarle la muerte de alguien muy cercano a ella. Para notificarle que uno de sus seres queridos había muerto. Eso quedaba claro por el tono de su voz. Y que había muerto de forma repentina. Y violenta. Me quedé pensativa unos segundos. Podía haberle dicho: «Ya no hago esas cosas» (aunque de hecho el departamento de Confiscación de Activos tampoco está exento de algún que otro cadáver). Y entonces podíamos haber tenido una de esas conversaciones insulsas de la tele en las que él diría «Tienes que ayudarme, Mike», y «Te lo ruego», y yo diría «Nada de eso» y «Ni hablar» y «Ni

16

lo sueñes, colega», hasta que los dos nos moriríamos de aburrimiento y al final yo acabaría dando mi brazo a torcer. O sea, ¿por qué decir que no si tienes por fuerza que decir que sí? Para que las cosas marchen bien. Así que volví a decir: Bien, suéltalo.

–La hija del coronel Tom se acaba de suicidar.

–¿Jennifer? –Y acto seguido me salió espontáneamente–: ¡No me jodas...!

–Ojalá te estuviera jodiendo, Mike. Es la verdad. Tan horrible como eso.

–¿Cómo?

–Con una 22, en la boca.

Esperé un poco.

–Mike, quiero que se lo notifiques tú al coronel Tom. Y a Miriam. Ahora mismo.

Me encendí otro pitillo. Ya no bebo, pero fumar fumo como un carretero. Dije:

–Conozco a Jennifer Rockwell desde que era una cría de ocho años.

–Sí, Mike. ¿Lo ves? ¿Quién mejor que tú para hacerlo?

–De acuerdo. Pero vas a tener que llevarme tú al lugar de los hechos.

En el cuarto de baño me puse un poco de maquillaje. Como quien se somete a una penosa tarea. Después de barrer de un manotazo las cosas de una repisa. Con los labios apretados malévolamente. Antes valía algo, supongo, pero ahora no soy más que una rubia más, grande y madura.

Mecánicamente, sin pensarlo, cogí el cuaderno de notas, la linterna, los guantes de goma y la pipa del 38.

En la práctica policial te acostumbras pronto a lo que llamamos los suicidios «sí, ya». Son esos en los que entras por la puerta, ves el cuerpo, echas un vistazo al cuarto y dices: «Sí, ya.» Estaba claro que éste no era un suicidio «sí, ya». Conocía a Jennifer Rockwell desde que tenía ocho años. Era mi chiquilla preferida. Pero también era la preferida de todo el mundo. Y la vi crecer hasta convertirse en una especie de perfección turbadora. Brillante, bella. Sí, así era: extraordinariamente brillante, deslumbrantemente bella. Y nada «intimidadora», o sólo en la medida en que las mujeres brillantes y bellas no pueden evitar serlo, por muy accesibles que parezcan. Jennifer lo tenía todo. Todo. Más que todo. Su padre es poli. Sus hermanos –mucho mayores que ella– son polis. Están en el DP de Chicago, Área Seis. Jennifer no era poli. Era astrofísica, y trabajaba aquí, en Mount Lee. ¿Hombres? Tenía que quitárselos de encima, y cuando estudiaba en la CSU salía con varios al mismo tiempo. Pero desde hacía..., Dios, no sé..., unos siete u ocho años vivía con un tipo tan brillante y atractivo como ella: Trader. El profesor Trader Faulkner. No, definitivamente no era un suicidio «sí, ya». Era un suicidio «no, en absoluto».

Johnny Mac y yo llegamos en el coche camuflado a Whitman Avenue. Chalets independientes y casas adosadas en una calle ancha y flanqueada de árboles: una zona dormitorio para docentes universitarios situada en la linde de la Veintisiete. Me bajé del coche con mis pantalones elásticos y mis zapatos bajos.

Había radiopatrullas y policías de la ronda de la zona, y dentro estaban el equipo científico y los peritos forenses, y Tony Silvera y Oltan O'Boye. Y algunos vecinos. Pero luego mirabas la escena con detenimiento y veías que las figuras uniformadas bullían bajo las luces de los coches patrulla, y comprendías que se disponían a dejar el campo libre de inmediato para atender otros asuntos más urgentes. Como cuando en la Zona Sur abrías el micro y decías que había un compañero en apuros. «En apuros», en algunos casos, quería decir jodido para siempre en alguna calleja, después de una persecución, o en el suelo de algún almacén, o dando tumbos solo en alguna esquina de venta de droga ya desierta, con las dos manos sobre los ojos. Cuando alguien cercano a Homicidios empieza a dedicar tiempo fuera de horario a los asuntos de Homicidios, entran en funcionamiento unas normas especiales. Es algo «racial». Es un ataque a todos y cada uno de nosotros.

Me abrí paso enseñando la placa por el túnel de uniformes de la puerta principal, y dejé a la casera para el final (sería, probablemente, mi mejor testigo). La luna llena reflejaba a mi espalda los últimos rayos de sol. Ni siquiera los polis italianos se ponen sentimentales con la luna llena. Con la luna llena el trabajo aumenta de un veinticinco a un treinta por ciento. Una luna llena en viernes por la noche supone un par de horas de refuerzo en la sala de Emergencias, y largas colas de gente entrando y saliendo de la sala de Lesiones.

En la puerta del apartamento de Jennifer salió a recibirme Silvera. Silvera. Él y yo habíamos trabajado juntos en muchos casos. Habíamos estado así, codo con codo, en muchos hogares golpeados por la desgracia. Pero no exactamente como ahora.

–Dios, Mike...

–¿Dónde está?

–En el dormitorio.

–¿Has terminado? Espera, no me lo digas. Voy a entrar.

El dormitorio daba a la sala. Sabía el camino. Porque había estado ya en aquel apartamento quizá una docena de veces en media docena de años (para dejar algo para el coronel Tom, para llevar a Jennifer a un partido de béisbol o a una fiesta en la playa o a algún acto en la Jefatura del Departamento). A ella y, en un par de ocasiones, también a Trader.

Nuestra relación era de ese tipo, una especie de amistad funcional, pero con muy buenas charlas durante el trayecto, en el coche. Y cuando crucé la sala de estar y me apoyé en la puerta del dormitorio me vino a la cabeza un recuerdo de un par de veranos atrás: en una fiesta que Overmars daba para inaugurar su nuevo porche me encontré de pronto con la mirada de Jennifer, que sonreía por encima de la copa de vino blanco que llevaba haciendo durar toda la velada. (Todo el mundo estaba como una cuba, por supuesto; no sólo yo.) En aquella ocasión pensé que Jennifer era un ser realmente dotado para la felicidad. Se percibía en ella una gran gratitud. Yo habría necesitado un megatón de whisky escocés para arder así por dentro, pero a ella le había bastado media copa de vino para parecer enamorada. Entré en el cuarto y cerré la puerta a mi espalda.

Así es como lo haces. Das una vuelta por la escena, despacio. Primero la periferia. El cuerpo, lo último. Me refiero a que sabía dónde estaba el cuerpo. Mi radar dirigía mi atención hacia la cama, pero Jennifer se había matado en una silla. En un rincón, a mi derecha. Otros detalles: las cortinas medio echadas, filtrando la luz de la luna; el tocador perfectamente ordenado, las sábanas revueltas y un tenue olor a sexo en el aire. A los pies del cuerpo, una vieja funda de almohada manchada de negro y un spray de aceite lubricante.

He dicho ya que estoy acostumbrada a andar entre cadáveres. Pero cuando vi a Jennifer Rockwell desnuda e inerte en la silla, con la boca abierta y los ojos aún húmedos, con una expresión de infantil sorpresa en el semblante, me entró un sofoco en toda regla. Su sorpresa era leve, no intensa: como si hubiera encontrado algo que había perdido y no esperaba ya encontrar. Y no estaba totalmente desnuda. Oh, Dios. Se había matado con una toalla arrollada a la cabeza, como cuando te estás secando el pelo. Pero ahora, como es lógico, la toalla estaba empapada y solidificada y roja, y su peso parecía excesivo para cualquier cabeza femenina.

No, no la toqué. Me limité a tomar notas, y a trazar el croquis de la posición del cuerpo con gran esmero profesional, como si hubiera vuelto a Homicidios. El 22 estaba del revés, casi caído hacia un lado, apoyado contra una pata de la silla. Antes de salir del cuarto apagué la luz durante unos segundos con la mano enguantada, y en la oscuridad vi sus ojos aún húmedos a la luz de la luna. Los «escenarios del crimen» los miras como si fueran adivinanzas. De esas que vienen en los periódicos y en las que hay encontrar las diferencias. Y en aquél algo fallaba. El cuerpo de Jennifer era bello –nadie osaría anhelar un cuerpo como el suyo–, pero había algo en él que no cuadraba. Estaba muerto.

Silvera entró para recoger el arma y guardarla en una bolsa. Luego los técnicos del laboratorio criminalista tomarían las huellas al cadáver y medirían las distancias y sacarían montones de fotografías. Y luego vendrían los de la oficina del forense para llevársela. Y certificarían su defunción.

Todavía se sigue debatiendo sobre las mujeres policía. Sobre si son o no capaces de desempeñar este trabajo. O sobre durante cuántos años. Pero puede que sea cosa mía; puede que sea demasiado quisquillosa. En el Departamento de Policía de Nueva York, por ejemplo, el quince por ciento de la plantilla es femenino. Y en todo el país las mujeres policía siguen realizando un trabajo excelente y reconocido. Pero estoy pensando que debe de tratarse de un puñado de damas muy, muy excepcionales. Cuando estaba en Homicidios, multitud de veces me decía a mí misma: *Déjalo, chiquilla. Nadie te retiene. Déjalo.* Los homicidios son un trabajo de hombres. Los cometen los hombres, los hombres se ocupan de ellos, los resuelven, los llevan a juicio. Porque a los hombres les gusta la violencia. Las mujeres no cuentan demasiado en este asunto, salvo como víctimas, y como deudos de las víctimas, por supuesto, y como testigos. Diez o doce años atrás, durante la escalada armamentística que tuvo lugar hacia el final del primer mandato de Reagan, cuando la amenaza nuclear estaba en todas las mentes, yo tenía la impresión de que el «homicidio final» se acercaba y que un día el oficial que distribuye las tareas me anunciaría por radio la muerte de cinco mil millones de seres humanos. «Todo el mundo, excepto usted y yo.» Con absoluta conciencia y a plena luz del día, los hombres se sentaban ante sus mesas de trabajo y concebían planes de emergencia para matar a *todo el mundo*. Y me repetía en voz alta: «¿Dónde están las mujeres? ¿Dónde *estaban* las mujeres?» No hay duda: ellas eran las testigos. Todas aquellas chicas plantadas desordenadamente en sus tiendas de campaña en Greenham Common, Inglaterrra, sacando de quicio a los militares con su presencia y su mirada obstinada..., eran testigos. Los preparativos nucleares, la máquina nuclear, no había duda, era algo estrictamente masculino. El homicidio es cosa de hombres.

Pero si hay algo en el trabajo de Homicidios que las mujeres hacen mil veces mejor que los hombres es una «nota», una notificación de muerte. Las mujeres somos buenas en esto, en dar este tipo de noticias. Los hombres siempre lo joden todo por su forma de encarar las emociones. Siempre tienen que «actuar» al dar estas «notas», y se comportan como predicadores o como pregoneros públicos, o se quedan todos envarados o hipnotizados, como si estuvieran enumerando una lista del mercado de futuros o el tanteo de una partida de bolos. Luego, a medio camino, se dan cuenta de lo que están haciendo y ves claramente que están a punto de echarlo todo por tierra. He visto polis de uniforme echándose a reír en la cara de un pobre diablo cuya mujer acaba de ser atropellada por un camión. En tales momentos, los hombres se dan cuenta de que son impostores, y entonces puede suceder cualquier cosa. Mientras que yo diría que las mujeres perciben la verdadera gravedad de la situación de inmediato, y a partir de ahí... la cosa es difícil pero no antinatural. A veces, como es lógico, son *ellos* los que se echan a reír; me refiero a los familiares supuestamente desconsolados. Estás entrando en tu rutinario «es mi triste deber comunicarles...» y ellos van y despiertan a los vecinos a las tres de la madrugada y organizan una fiesta por todo lo alto.

Bien, esto no era lo que iba a suceder aquella noche.

La casa de los Rockwell se halla en un barrio residencial del noroeste, a unos veinte minutos de Blackthorn. Dejé a Johny Macatitch en el coche y me dirigí hacia la parte de atrás como solía hacer siempre que les visitaba. Iba por un costado de la casa cuando me detuve unos instantes. Para pisar el cigarrillo. Para tomar aliento. Y los vi. Los vi a través de las ventanas emplomadas, más allá de las macetas de la cocina. Miriam y el coronel Tom, bailando. Bailando el *twist*, lentamente, sin toda aquella serie de juegos de rodilla, al son de un lascivo saxo que sonaba como si estuvieran friendo algo en la sartén. Brindaban haciendo chocar las copas. Con vino tinto. En el cielo lucía la luna llena, y las nubes que la surcaban parecían más las nubes de la propia luna que las nuestras. Sí, una noche bella, inolvidable. Y esa belleza forma parte de esta historia. Era como si se representara para mí exclusivamente, aquella escena enmarcada por la ventana de la cocina: un matrimonio que, después de cuarenta años, seguía follando. En una noche tan suave que parecía pleno día.

Cuando se van a transmitir noticias como las que yo llevaba se dan ciertos efectos físicos secundarios. Sientes el cuerpo muy concentrado. Sientes el cuerpo «importante». Sientes que posee poder, porque lleva dentro una verdad incuestionable.

23

Se diga lo que se diga sobre la nueva que uno trae, es la verdad. Es la verdad. Es *el caso*.

Di unos golpecitos en la parte acristalada de la puerta.

El coronel Tom se volvió, y se alegró de verme. Ni la más leve muestra de sentirse importunado (ni un asomo de ceño ante mi posible expolio de la magia de la noche). Pero en cuanto abrió la puerta sentí que el temple de mi cara se venía abajo. Y supe lo que pensó. Pensó que había recaído. Me refiero a la bebida y todo eso...

–Mike. Dios santo, Mike, ¿estás bien?

Dije:

–Coronel Tom... Miriam... –Pero Miriam huía ya de la cocina y desaparecía de mi vista. Desapareció de mi vista a la velocidad del rayo–. Hoy han perdido a su hija. Han perdido a Jennifer.

El coronel seguía intentando sonreír como si no me hubiera oído. La sonrisa, luego, empezó a hacerse suplicante. Habían tenido primero a David, y un año después a Yehoshua. Y luego, una década y media después, nació Jennifer.

–Sí, ha muerto –dije–. Se ha matado.

–Pero ¿qué estás diciendo?

–Coronel Tom, sabe que le quiero y que nunca le mentiría. Pero parece, señor, que su hija se ha quitado la vida. Sí, es verdad. Sí, lo ha hecho.

Cogieron sus abrigos y fuimos al centro en el coche. Miriam se quedó en el coche con Johnny Mac. El coronel Tom hizo la identificación apoyado en la puerta de una de las cámaras frigoríficas del depósito de cadáveres de la oficina del forense, en Battery and Jeff.

Oltan O'Boye iría ahora en su coche hacia el este, hacia el campus. A darle la noticia a Trader Faulkner.

5 de marzo

Esta mañana, al despertarme, Jennifer estaba de pie al otro extremo de la cama. Esperaba a que yo abriera los ojos, pero cuando miré, se había ido.

Para empezar, el fantasma de una persona muerta ha de dividirse en multitud de fantasmas. Para empezar, se trata de un trabajo intensivo. Porque hay multitud de cuartos que visitar, multitud de durmientes a quienes contemplar.

Y a algunos de estos durmientes –quizá sólo a dos o tres– jamás los abandonará.

6 de marzo

Los martes tengo el turno de noche. Así que los martes normalmente me paso la tarde en el Leadbetter. Vestida con un traje pantalón gris oscuro, me siento en mi despacho a dieciocho pisos de altura de donde Wilmot confluye en Grainge. Trabajo unas horas de asesora de seguridad en esta empresa, y trabajaré media jornada o tal vez la jornada entera cuando en mi expediente figuren los veinticinco años preceptivos de servicio en la policía. Mi FI (Fecha de Ingreso) es el 7 de septiembre de 1974. La jubilación ya me está husmeando alrededor para ver si estoy madura.

Me llamaron de recepción para decirme que tenía una visita: el coronel Rockwell. Francamente, me sorprendió mucho que viniera a verme. Tenía entendido que sus hijos habían llegado de Chicago y que la familia había descolgado el teléfono. Que los Rockwell se estaban replegando sobre sí mismos.

Dejé a un lado el informe CSSS que había estado estudiando y me arreglé un poco la cara. Llamé a Linda por el interfono y le pedí que recibiera al coronel en el ascensor y lo hiciera pasar a mi despacho.

Entró el coronel Rockwell, y dije:

–Hola, coronel Tom.

Di un paso hacia adelante, pero él pareció eludir el abrazo que me disponía a darle, y mantuvo la barbilla baja mientras le ayudaba a quitarse el abrigo. Siguió con la cabeza baja al sentarse en el sillón de cuero. Volví a sentarme ante mi mesa y dije:

–¿Cómo le va, coronel Tom? Mi querido amigo...

Se encogió de hombros. Exhaló el aire despacio. Levantó la mirada. Y vi lo que raras veces se ve en los afligidos. Pánico. Un pánico primitivo, un pánico de coeficiente de inteligencia bajo en los ojos..., algo que le hacía a uno pensar en la palabra *atarantado*. Y me contagió su pánico. Pensé: Está viviendo una pesadilla, y me la ha contagiado. ¿Qué hago si se pone a gritar? Si se ponía gritar..., ¿tendría que ponerme yo a gritar al unísono?

–¿Cómo está Miriam?

–Muy calmada –dijo al cabo de unos segundos.

Esperé.

–Tómese su tiempo, coronel –dije. Pensé que tal vez estaría bien hacer algo trivial y tranquilizador, como coger unas facturas–. Diga lo que quiera: lo mucho o lo poco que quiera.

Tom Rockwell fue supervisor de la Brigada durante la mayor parte del tiempo que yo pasé en Homicidios. Y eso fue antes de que se subiera a su personal ascensor «expreso» y apretara el botón hasta el ático. En diez años había pasado de teniente jefe de turno a capitán a cargo del departamento de Crímenes contra Personas y a coronel jefe del CID. Ahora está en las altas esferas. Ya no es un policía, es un político, alguien que maneja estadísticas y presupuestos y relaciones públicas. Podría llegar a concejal de Operaciones. Dios, podría llegar incluso a alcalde. «Todo es manipular cabezas y besar culos», me dijo una vez. «¿Sabes lo que soy en realidad? No soy un poli. Soy un comunicador.» Pero ahora el coronel Tom, el comunicador, se limitaba a seguir sentado frente a mí, muy callado.

—Mike, hay algo raro en todo esto.

Volví a guardar silencio.

—Algo que no cuadra.

—También a mí me lo parece —dije.

Una respuesta diplomática. Pero sus ojos se alzaron para mirarme.

—¿Cómo lo ves tú, Mike? No como amiga. Como policía.

—¿Como policía? Como policía, coronel Tom, tengo que decirle que parece un suicidio. Pero podría tratarse de un accidente. Está la funda vieja de almohada y el spray... Cabe pensar que estuviera limpiando el revólver y que...

Hizo un gesto de extrañeza. Y, como es lógico, lo entendí. Sí. ¿Qué estaba haciendo, entonces, con el cañón del 22 en la boca? Puede que probando su sabor. Probando el sabor de la muerte. Y luego...

—Es Trader —dijo—. Tiene que ser Trader.

Bien, esto exigía un tiempo de reflexión. De acuerdo. Veamos: a veces es cierto que un aparente suicidio se convierte, tras una detenida inspección, en un homicidio. Pero esa inspección lleva escasos segundos. Veamos: son las diez de la noche de un sábado, en Destry o en Oxville, y un tipo acaba de volarle los sesos a su novia con una pistola. Pero después de un par de porros concibe un brillante plan: hará que parezca que se ha matado ella misma. Así que limpia el arma y pone el cuerpo incorporado en la cama o algo parecido. Puede incluso ocurrírsele garabatear una nota... con *su* propia letra. En Homicidios teníamos una de esas notas clavada en el tablón de anuncios. Decía: «Adiós, mundo cruel». *Bien, qué cosa tan triste, Marvis,* dices al llegar al lugar de los hechos respondiendo a la llamada de Marvis. *¿Qué ha pasado?* Y Marvis dice: *Estaba deprimida.* Y Marvis abandona discretamente la habitación. Ha representado su papel. ¿Qué más puede hacer? Ahora nos toca a nosotros. Echas un vistazo al cadáver: no hay quemazón o aureola en la herida, y la salpicadura de sangre está en la almohada equivocada. Y en la pared equivocada. Sigues a Marvis a la cocina y lo ves de pie con una bolsita de papel vegetal en una mano y una cucharilla caliente en la otra. *Homicidio. Heroína. Muy bonito, Marvis. Venga. Vente con nosotros al centro. Porque eres un asesino de mierda. Y un hijo de perra degenerado. Por eso.* Un homicidio disfrazado de suicidio: puedes esperártelo de un tipo descerebrado de la Setenta y siete. Pero ¿de Trader Faulkner, catedrático adjunto de Filosofía de la Ciencia en la CSU? ¡Por favor! El asesinato inteligente no existe. No son más que bobadas. Es tan... patético. El catedrático lo hizo. Oh, seguro que sí. El asesinato es estúpido, más que estúpido. Sólo hay dos cosas que pueden hacer que te salga bien: la suerte y la práctica. Si se trata de gente razonablemente joven y sana, y si la muerte es violenta, entonces el escenario natural de un asesinato-suicidio es la tele, y todo es una gilipollez, todo es *ketchup.* Pero que nadie se equivoque: si hay suicidio, lo *vemos.* Porque siempre *queremos* que los suicidios sean homicidios. Porque *preferimos* infinitamente los homicidios. Un homicidio en toda regla significa horas extras, una estadística de casos resueltos alta, cariñosas palmadas «mano contra mano» en la sala de la brigada. Y un suicidio no le sirve de nada a nadie.

No soy yo, pensé. No soy yo aquí sentada. No estoy.

–¿Trader?

–Trader. Estaba allí, Mike. Fue la última persona que vio mi hija. No estoy diciendo que él... Pero es Trader. Mi hija *pertenecía* a Trader. Fue Trader.

—¿Por qué?

—*¿Quién si no?*

Me eché hacia atrás en mi silla, como apartándome de aquello. Pero él continuó, con su voz contenida.

—Corrígeme si me equivoco. ¿Has conocido en tu vida a alguien más feliz que Jennifer? ¿Has oído hablar en tu vida de alguien más feliz que Jennifer? ¿Más equilibrada? Era..., era *radiante.*

—No, no se equivoca, coronel Tom. Pero cuando nos adentramos en el fondo de una persona... Usted y yo sabemos que siempre hay mucho dolor en las personas.

—No había ningún...

Aquí su voz emitió como un hipido de miedo. Y pensé que debía de estar imaginando los últimos momentos de su hija. Tuvo que tragar dos veces saliva, pero al final continuó hablando:

—Dolor... ¿Por qué estaba desnuda, Mike? Jennifer. Miss Recatada. Una chica que jamás tuvo bikini. Con el tipo que tenía...

—Disculpe, señor, pero ¿están ocupándose del caso? ¿Está Silvera a cargo de él? ¿Qué...?

—Al final he dado mi visto bueno, Mike. Pero todo está pendiente. Porque te voy a pedir que hagas algo por mí.

La televisión y su parafernalia han producido un efecto terrible en los perpetradores de homicidios. Les ha dado *estilo.* Y la televisión ha arruinado a los jurados norteamericanos para siempre. Y a los abogados norteamericanos. Pero la televisión nos ha jodido también a los polis. Ninguna profesión ha sido tan masivamente trasladada a la ficción como la de poli. Así que tenía unas cuantas grandes frases preparadas. Como: *Coronel, cuando ha entrado aquí yo estaba libre de obligaciones. Ahora, para usted, estoy doblemente libre.* Pero estaba hablando con el coronel Tom, y dije la verdad lisa y llana:

—Usted me salvó la vida. Haría cualquier cosa por usted. Y usted lo sabe.

Bajó la mano hacia la cartera que había dejado en el suelo. La cogió y sacó una carpeta. Jennifer Rockwell. H97143. Me la tendió diciendo:

—Tráeme algo con lo que me sea posible seguir viviendo. Con esto me resulta imposible.

Ahora me dejó que le mirara. El pánico había desaparecido de sus ojos. Y lo que quedaba..., bueno, lo he visto miles de veces. La piel mate, carente del más mínimo destello. La mirada en ninguna parte de este mundo. Incapaz de penetrar en nada. Yo estaba sentada al otro lado de la mesa, pero me hallaba ya excluida de su campo visual.

—Las cosas no están nada fáciles, ¿eh, coronel Tom?

—Sí, no están nada bien. Pero así es como vamos a hacerlo.

Me recosté hacia atrás y dije, elucubrando:

—Sigo pensando una y otra vez en el asunto. Estás sentada en tu casa y andas con ella en la mano..., con el arma, me refiero. Limpiándola. Jugando con ella. Y entonces te asalta un pensamiento perverso. Un pensamiento infantil. —Quiero decir que es así como un infante inteligente va descubriendo las cosas: llevándoselas a la boca—. Te la metes en la boca. Y...

—No fue un accidente, Mike —dijo el coronel, poniéndose en pie—. Las pruebas excluyen esa hipótesis. Recibirás un paquete mañana a esta misma hora.

Me dirigió un movimiento de cabeza. El paquete —parecía decirme su gesto— me pondría al corriente.

—¿De qué se trata, coronel Tom?

—Es una casete de vídeo.

Pensé: Oh, Dios. No me lo cuente. Los jóvenes amantes en su mazmorra de diseño. Podía *verlo*. Los jóvenes amantes, enclaustrados en un calabozo hecho a medida... Trader con su traje de Batman; Jennifer encadenada al potro del tormento, sin otro atuendo que plumas y alquitrán...

Pero el coronel Tom se apresuró a tranquilizarme.

–De la autopsia –dijo.

7 de marzo

Entre Alcohólicos Anónimos, el golf, el Grupo de Debate de los lunes y la clase nocturna de los jueves en Pete (junto con los incontables e interminables cursos por correspondencia), amén del turno de noche de los martes, y de los sábados, en que suelo pasar el rato con mis amigos en la Cuarenta y cuatro... Entre éstas y otras cosas, mi novio dice que no me queda tiempo para tener novio, y quizá tenga razón. Pero tengo novio: Tobe. Un tipo encantador al que estimo en lo que vale, y necesito. Diré una cosa de Tobe: sabe hacer que una mujer se sienta delgada. Tobe es enorme. Enorme de verdad. Llena la habitación. Cuando llega tarde al apartamento, es peor que el tren nocturno: cada viga del edificio despierta y gime. El amor me resulta difícil. Y al amor yo le resulto difícil. Lo aprendí con Deniss, por las malas. Y Deniss también lo aprendió. Es así de simple: el amor me desequilibra, y no puedo permitirme desequilibrarme. Así que Tobe me viene al pelo. Su estrategia, sospecho, es «pegarse» a mí y acabar gustándome de veras. Y le está funcionando. Pero tan lentamente que no creo que yo llegue a vivir lo suficiente para ver si acaba resultando.

Tobe no es ningún tipo remilgado, por supuesto: vive con la detective Mike Hoolihan. Pero cuando le dije lo que iba a poner aquella noche en el vídeo se largó a Fretnick's a tomarse unas cervezas. En el apartamento tenemos bebida, y de alguna forma me gusta saber que está allí, a mano, por mucho que sepa que si la toco me mata. Le preparé la cena temprano. Y hacia las siete Tobe dejaba reluciente el hueso de su chuleta de cerdo y salía por la puerta.

Ahora quiero decir algo acerca de mí y del coronel Tom. Un mañana, hacia el final de mi época en Homicidios, llegué al turno de ocho a cuatro tarde, borracha, con la cara congestionada y el hígado en la cadera, a modo de faltriquera. El coronel Tom me hizo pasar a su despacho y me dijo: *Mike, puedes matarte si eso es lo que quieres. Pero no esperes que yo me quede mirando cómo lo haces.* Me cogió de la mano y me condujo a la segunda planta del garaje de la central. Y me llevó en coche al Lex General. El médico de Admisiones me miró de arriba abajo y lo primero que dijo fue: *Vive usted sola, ¿no?* Y yo dije: *No, no, no vivo sola.* Vivía con Deniss... Después del tratamiento de desintoxicación pasé toda mi convalecencia en el hogar de los Rockwell (en aquel tiempo vivían en Whitefield). Pasé una semana en cama en una pequeña habitación del fondo de la planta baja. El lejano tráfico era para mí como una música, y la gente, seres que no eran personas –y también gente de carne y hueso–, venía y se quedaba al pie de la cama. El tío Tom, Miriam, el médico de la familia. Y los otros, los otros seres. Y Jennifer Rockwell, que entonces tenía diecisiete años, venía a leerme por las noches. Yo trataba de escuchar su clara voz juvenil, allí acostada, preguntándome si Jennifer era real o sólo otro de los fantasmas que de cuando en cuando se detenían a mi lado, figuras frías, autosuficientes, no reprobadoras, de caras cinceladas y azules.

Nunca me sentí juzgada por ella. También ella tenía sus problemas, en aquella época. Y era hija de un poli. Y no juzgaba.

Lo primero que hago es volver a consultar la carpeta del caso, donde se consigna hasta el más mínimo y soporífero detalle, como lo que marcaba el odómetro del coche camuflado cuando Johnny Mac y yo llegamos aquella noche al lugar de los hechos. La noche del cuatro de marzo. Pero lo quiero revisar todo hasta el último detalle. Quiero organizarme una secuencia mental con sentido.

19.30: Trader Faulkner es el último en prestar declaración. Trader ha declarado que la dejó a esa hora, como solía hacer los domingos por la tarde. El aparente estado de ánimo de Jennifer es descrito como «alegre» y «normal».

19.40: La anciana dama del ático, que dormitaba delante del televisor, se despierta al oír un disparo. Y llama al 911.

19.55: Llegan los policías de la ronda. La vieja dama, la señora Rolfe, tiene un juego de llaves del apartamento de Jennifer. Los policías entran en él y encuentran el cuerpo.

20.05: Tony Silvera recibe la noticia en la brigada. El oficial de turno le comunica el nombre de la víctima.

20.15: Me llama el sargento John Macatitch.

20.55: Levantamiento del cadáver de Jennifer Rockwell.

Doce horas después se le hace la autopsia.

TACEANT COLLOQUIA, se lee en la pared. EFFUGIAT RISUS. HIC LOCUS EST UBI MORS GAUDET SUCCURRERE VITAE.

(Que cesen las conversaciones. Que la risa se apague. Éste es el lugar donde la muerte se deleita ayudando a los vivos.)

Muere sospechosamente, muere violentamente, muere singularmente –de hecho, muere en cualquier parte que no sea una unidad de cuidados intensivos o un hospicio– y serás diseccionado. Muere inesperadamente, y serás diseccionado. Si mueres en *esta* ciudad norteamericana, los servicios paramédicos te llevarán a la oficina del forense, sita en Battery and Jefferson. Y cuando llegue el momento de ocuparse de ti te sacarán de la sala frigorífica, te pesarán y te depositarán sobre una camilla rodante de zinc, bajo una cámara cenital. Solía ser un micrófono, y te sacaban fotos con la polaroid. Pero ahora es una cámara. Ahora es la tele. En este punto te despojarán de la ropa; después de examinarla, la meterán en una bolsa y la enviarán a Control de Pruebas. Pero Jennifer no lleva encima más que una etiqueta en el dedo gordo del pie.

Y la autopsia comienza.

Quizá convenga señalar que el proceso en sí mismo, para mí, no significa gran cosa. Cuando trabajaba en Homicidios, la sala de autopsias formaba parte de mi rutina diaria. Y sigo visitándola por motivos profesionales al menos una vez a la semana. En Confiscación de Activos –subdepartamento de Crimen Organizado– hay mucho más trabajo práctico de lo que se piensa. Lo que hacemos, básicamente, es lo siguiente: despojamos de sus bienes al Crimen Organizado. Un rumor de trama delictiva captado a pie de piscina, por ejemplo, y confiscamos todo el puerto deportivo. Así que tenemos que vérnoslas con cuerpos. Cuerpos encontrados, casi siempre, en maleteros de coches alquilados en el aeropuerto. Impecablemente ejecutados, llenos de balas. Hay épocas en que te ves visitando la oficina del forense la mitad de las mañanas, dada la cantidad de balas que tienen que localizar... El proceso en sí mismo, pues, no me dice gran cosa. Pero Jennifer sí. Estoy dando por sentado que el coronel Tom no ha visto el vídeo, que se ha fiado del informe de Silvera. ¿Por qué estoy viéndolo yo, entonces? Quita los cuerpos de en medio, y la sala de autopsias es como la cocina de un restaurante que aún no ha abierto. Estoy viendo el vídeo. Estoy sentada en el sofá, fumando, tomando notas, utilizando mucho el botón de Pausa. Estoy siendo testigo.

Silvera está en la sala: le oigo informando al patólogo. Jennifer está también, con la etiqueta en el dedo gordo. Su cuerpo. Las fotografías de la carpeta de su caso, con esos ojos y boca húmedos, podrían casi considerarse pornográficas (artísticas, «de buen gusto», una especie de *ecce femina),* pero ahora ya no hay nada erótico en ella: está rígida, como recién sacada del congelador, tendida sobre una plancha entre luces fluorescentes y paredes de azulejo. Y todos los colores desvirtuados. La química de la muerte se halla muy atareada con ella, transformándola de alcalina en ácida. *Éste es el cuerpo...* Un momento. Ése parece Paul No. Sí, el «cortador» es Paulie No. Supongo que a un tipo no se le puede reprochar que adore su trabajo, o que sea indonesio, pero tengo que decir que ese pequeño oriental me pone la carne de gallina. «Éste es el cuerpo», está diciendo, como en un eco del sacramento: *Hoc est corpus.*

–Es el cuerpo de una mujer blanca bien constituida, bien alimentada, de un metro setenta y ocho de estatura y unos sesenta y cuatro kilos de peso. Sin ninguna prenda encima.

Lo primero, el examen externo. A una indicación de Silvera, el doctor No echa un vistazo preliminar a la herida. Dirige una luz al interior de la boca, que en su rigidez cadavérica está entreabierta, y ladea el cuerpo hacia un costado para ver el orificio de salida. Luego examina toda la epidermis para detectar cualquier posible anormalidad, marca o señal de lucha. En particular las manos, las yemas de los dedos. Toma unos recortes de las uñas, y realiza las pruebas químicas para detectar restos de bario, antimonio y plomo (para determinar si disparó ella el arma). Recuerdo que fue el coronel Tom quien le compró ese 22, años atrás, y le enseñó cómo usarlo.

Diligente como de costumbre, Paulie No toma muestras orales, vaginales y anales. Examina también la zona perineal en busca de eventuales desgarros o lesiones. Y de nuevo pienso en el coronel Tom. Porque ahí reside la única posibilidad de que su hipótesis funcione. Me explico: para que Trader tenga algo que ver en esa muerte, tiene que ser un crimen sexual, ¿no? Necesariamente. Y tengo la impresión de que el coronel está equivocado. En la mesa del patólogo que hace la autopsia pueden suceder cosas muy curiosas. Un doble suicidio puede resultar un homicidio-suicidio. Una violación y asesinato puede convertirse en un suicidio. Pero ¿puede un suicidio resultar una violación-asesinato?

La autopsia es también una violación, y hela ahí, va a comenzar. En el momento en que se lleva a cabo la primera incisión, Jennifer se convierte en todo cuerpo, en sólo cuerpo. El doctor No entra en él ahora. Adiós. La elevación del encuadre hace que Paulie No parezca un colegial, con la lustrosa cabeza sesgada y el escalpelo cogido como una pluma. Hace los tres cortes en forma de Y: dos que descienden desde ambos hombros hasta la boca del estómago, el tercero hasta la pelvis. Separa y levanta los laterales de los cortes (lo cual me hace pensar en una alfombra que alguien levanta tras los daños causados por una inundación o un incendio), y el doctor No entra en las costillas con la sierra eléctrica. Y el plano pectoral entero se alza como la tapa de una trampilla, y el árbol de órganos es retirado de su cavidad (el árbol de órganos, con sus extraños frutos) y colocado en una cubeta de acero. El doctor No disecciona el corazón, los pulmones, los riñones, el hígado, y toma muestras de tejido para su posterior análisis. Ahora está afeitándole la cabeza, y va despejando el camino hacia el orificio de salida de la bala.

Pero aquí viene lo peor. La sierra eléctrica circunnavega el cráneo de Jennifer. Se encaja una palanca bajo la tapa del cráneo..., y me quedo esperando el ruido que hará al saltar. Y entonces siento que *mi* cuerpo, tan vulgar y asimétrico, fuente de tan poco placer y orgullo, tan descuidado, tan reseco, da un súbito respingo, empieza a protestar: pide que reparen en él. Quiere alejarse de todo esto. La tapa del cráneo, al saltar, emite un ruido tan estridente como un disparo. El doctor No está señalando algo, y Silvera se inclina hacia adelante, y los dos se echan hacia atrás de pronto con un gesto de sorpresa.

Sigo mirando, y pienso: Coronel Tom, le estoy oyendo. Pero no estoy segura del sentido cabal de lo que digo.

Resulta que Jennifer Rockwell se disparó en la cabeza tres veces.

No, no. No vivo sola, dije. Vivo con Deniss. Y, sólo esa vez, se me cayeron las lágrimas. No vivo sola. Vivo con Deniss.

Mientras yo pronunciaba esas palabras, lo que hacía Deniss, de hecho, era fruncir el entrecejo ante el parabrisas de un camión de mudanzas, desplazándose a toda velocidad con sus pertenencias hacia la frontera del estado.

Así que vivía sola. No vivía con Deniss.

¿Es Tobe que vuelve, que empieza a subir las escaleras? ¿O es el primer barrunto lejano del tren nocturno? El edificio siempre parece oír llegar al tren nocturno, prepararse para su paso en cuanto oye en la lejanía su desesperado lamento.

No vivo sola. No vivo sola. Vivo con Tobe.

9 de marzo

Acabo de volver de mi entrevista con Silvera.

Lo primero que ha dicho al verme ha sido: «Odio esto.»

Yo he dicho ¿Odias qué?

Él dice que todo este maldito asunto.

Yo digo que el coronel Tom piensa que todo apunta a un homicidio.

Él dice que qué todo.

Yo digo que los tres disparos.

Él dice que Rockwell nunca fue bueno. En las calles.

Yo digo que le pegaron un tiro cuando cumplía con su deber, por el amor de Dios. Le pegaron un tiro cuando cumplía con su maldito deber.

Silvera calla un momento.

–¿Cuándo ha sido la última vez que te han pegado un tiro defendiendo al estado? –le pregunto.

Silvera sigue en silencio. Pero no es eso. No está pensando en aquella vez, años atrás, en que Tom Rockwell recibió un disparo en la Zona Sur mientras hacía su ronda y trataba de limpiar las calles de traficantes de drogas. No, Silvera está pensando en su propia carrera en el cuerpo.

Me enciendo un pitillo y digo:

–El coronel Tom quiere que se considere la hipótesis de un homicidio.

Él se enciende un pitillo y dice:

–Porque no le queda más que eso. Te pegas un tiro en la boca una vez. Así es la vida. Te pegas dos tiros. Oye, los accidentes suceden. Te pegas tres tiros. Hay que tener ganas de matarse, ya lo creo.

Estábamos en Hosni's, ese pequeño local de sándwiches que hay en Grainge. Muy popular entre los polis por su maravillosa sección de fumadores. Hosni no fuma. Es un libertario. Ha quitado la mitad de las mesas con el solo propósito de burlar las leyes municipales. No es que yo esté orgullosa de mi vicio, y sé muy bien que la cruzada de Hosni acabará por fracasar. Pero todos los polis fuman como carreteros; supongo que forma parte de lo que le damos al estado: nuestros pulmones, nuestros corazones.

Silvera dice:

–Y fue con un 22. Con un revólver.

–Sí. No con una de esas pistolas caseras. Ni con una de

esas de maricón. Ya sabes, una Derringer o algo parecido. La vieja de arriba..., ¿dijo que no había oído más que un disparo?

—O que le había despertado un disparo, y lo que oye es el segundo o el tercero. Estaba ciega de jerez delante de la tele, ¿qué diablos va a saber, la pobre?

—Iré a hablar con ella.

—Este jodido caso es curioso de verdad —dice Silvera—. Cuando Paulie No le estaba haciendo una fluoroscopia, de pronto nos vimos ante tres balas. Una sigue en su cabeza, ¿vale? Otra está en Control de Pruebas: la que encontramos en la pared de su cuarto. Después de la autopsia volvimos al apartamento. En la pared sólo hay un agujero. Pero sacamos *otra* bala. Dos balas, un agujero.

El hecho en sí no era nada del otro jueves. La policía está bastante de vuelta en cosas de balística, no hay más que acordarse del asesinato de Kennedy y la «bala mágica». Nosotros los polis sabemos que todas la balas son mágicas. En especial las de morro redondo de los 22. Cuando una bala entra en un cuerpo humano, se pone como histérica. Es como si supiera que no debe estar allí.

Digo:

—He visto dos tiros. En algún suicidio. Y puedo imaginar que los tiros sean tres.

—Escucha: he visto a maleantes con tres tiros en el coco.

Lo cierto es que estamos esperando una llamada. Silvera ha pedido al coronel Tom que deje entrar a Overmars en el caso. Parece el tipo adecuado, con sus relaciones en Quantico y demás. Y en este mismo instante Overmars está poniendo al rojo los ordenadores federales en busca de suicidios documentados en los que el suicida se haya disparado en la cabeza tres veces. A mí todo esto se me antoja un cálculo un tanto extraño. ¿Cinco tiros en la cabeza? ¿Diez? ¿Cuándo se está *seguro* de verdad?

–¿Qué has conseguido esta mañana?

–Músicas sentimentales. ¿Y tú?

–Lo mismo.

Silvera y yo también hemos estado trabajando en el teléfono esta mañana. Hemos llamado a todo aquel que pudiera tener una opinión sobre Jennifer y Trader como pareja, y los dos hemos cosechado la misma historia rosa: una pareja ideal, parecían hechos el uno para el otro..., todo beatífico. No había –para decirlo en dos palabras– ninguna prueba de violencia previa entre ellos. Según la gente, Trader jamás le había levantado la voz –y menos aún el puño– a Jennifer Rockwell. Resultaba casi embarazoso: todo el mundo deshaciéndose en músicas celestiales.

–¿Por qué estaba desnuda, Tony?

El coronel Tom había dicho que Miss Recatada no había tenido en su vida un bikini. ¿Cómo iba a querer que la encontraran como vino al mundo?

–Desnuda es lo de menos. Está muerta, Mike. Qué desnuda ni qué coño.

Tenemos los cuadernos de notas abiertos sobre la mesa. Tenemos nuestros croquis del escenario de los hechos. Jennifer dibujada como una figura de palotes: una línea para el torso, cuatro para los miembros, un pequeño redondel para la cabeza y una flecha que apunta hacia ella. Un monigote. Algo impropio de verdad.

–Dice algo –digo.

Silvera me pregunta qué.

–Venga ya... Dice: Soy vulnerable. Dice: Soy una mujer.

–Dice que la mires y la mires.

–Chica del Mes.

–Chica del Año. Pero no es ese tipo de cuerpo. Es más un cuerpo deportivo con tetas.

–Puede que estemos llegando al desenlace de un asunto sexual. No me digas que no se te ha ocurrido *a ti* también.

Si eres un poli durante el tiempo suficiente, y ves día tras día todo tipo de cosas, acabas por sentirte atraído por uno u otro vicio humano. El juego o las drogas o la bebida o el sexo. Si estás casado, todas estas «inclinaciones» apuntan en la misma dirección: el divorcio. Lo de Silvera es el sexo. O quizá el divorcio. Lo mío era la bebida, lisa y llanamente. Una noche, casi al final, se resolvió un caso importante y todo el grupo del turno se fue a cenar a Yeast's. Estábamos ya terminando y noté que todo el mundo me miraba. ¿Por qué? Porque estaba soplando en mi plato para enfriar el postre. Y mi postre era helado. Y encima era una borracha con muy mal vino, el peor; era como siete horribles enanos hechos un ovillo y apretados dentro de una chaqueta de cuero y unos vaqueros muy justos: Chillona, Camorrista, Desaliñada, Sórdida, Odiosa, Llorona y Cachonda. Entraba en un bar de mala muerte y avanzaba hasta la barra mirando a todo el mundo uno por uno. Ninguno de los tipos presentes sabía a ciencia cierta si iba a agarrarle del cuello o de la polla. Y yo tampoco. Y en el CID las cosas no eran demasiado diferentes. Cuando estaba hecha un despojo humano, no había ni un solo poli en todo el edificio al que, por una razón u otra, no le hubiera agarrado por las solapas y aplastado contra la pared de los retretes.

Silvera es más joven que yo y ya está a punto de fracasar en su cuarto matrimonio. Hasta los treinta y cinco años, cuenta, se follaba a la mujer, la novia, la hermana y la madre de todo individuo que detenía. Y la verdad es que tiene pinta de estar perpetuamente empalmado. Si Silvera estuviera en Narcóticos, nadie dudaría un segundo en pensar que era corrupto: los trajes amplios, a la última, las ojeras como maquilladas, el pelo italiano peinado hacia atrás, sin raya. Pero Silvera está «limpio». No hay dinero en Homicidios. Y es un poli como la copa de un pino. Sí, señor. Lo que pasa es que ha visto demasiadas películas, como todos nosotros.

—Está desnuda —digo— en la silla de su cuarto. En la penumbra. Hay ocasiones en las que una mujer abre la boca con gusto ante un hombre.

—No se lo digas al coronel Tom. No podría soportarlo.

—O esta otra hipótesis: Trader se marcha a las 19.30. Como de costumbre. Y entonces aparece el *otro* novio.

—Ya, y hecho una fiera por los celos. Escucha, sabes muy bien lo que el coronel Tom está intentando.

—Quiere encontrar «quién». Te diré una cosa: si es un suicidio, voy a tener que enfrentarme a un gran y horrible por qué.

Silvera me mira. Los polis somos como soldados rasos, al menos en esto. No nos compete preguntarnos por qué. Solemos decir que nos den el cómo, y luego que nos den el quién. Pero que le den por el culo al porqué. Entonces me acuerdo de algo, de algo que he estado queriendo preguntar.

Digo: Tú intentas ligarte a todo lo que lleve faldas, ¿no?

Dice: Sí, por supuesto.

Digo: Ya. Siempre que no te fallen las ganas. ¿Lo intentaste con Jennifer?

Dice: Claro, por supuesto. Con una mujer como ella lo menos que puedes hacer es *intentarlo*. No te lo perdonarías en la vida si al menos no lo hubieras intentado.

Digo: ¿Y?

Dice: Me rechazó. Pero con delicadeza.

Digo: Así que no tuviste que llamarla frígida o tortillera, ¿no? O monja. ¿Era religiosa?

Dice: Era una científica. Una astrónoma. Los astrónomos no son religiosos, ¿no?

Digo que cómo diablos voy a saberlo.

—¿Podría apagar ese cigarrillo, por favor, señor?

Me vuelvo.

El tipo dice:

–Oh, disculpe, señora, pero ¿podría apagar ese cigarrillo, señora? Por favor.

Es algo que me sucede cada día más: que me llamen «señor». Si cuando hablo por teléfono me presento, a nadie se le ocurre confundirme con un hombre. Voy a tener que llevar encima un pequeño envase con nitrógeno o algo parecido...,[1] eso que hace que «suenes» a un Coñito de Voz Chillona.

Silvera se enciende un pitillo y dice:

–¿Y por qué va a apetecerle apagar el cigarrillo?

El tipo sigue de pie allí delante, mirando a su alrededor en busca de un cartel que prohíba el tabaco. Es un tipo grande y gordo, y está desconcertado.

–¿Ve aquel apartado detrás de la puerta de cristal –dice Silvera–, donde están todos aquellos viejos ficheros amontonados?

El tipo se vuelve y echa una mirada.

–Pues aquella es la sección de «no fumadores». Si lo que le interesa es gente que apaga los pitillos, puede que encuentre más juego allí dentro.

El tipo se larga por donde ha venido. Seguimos sentados, fumando, tomándonos el café solo y cargado, y digo: Eh, ¿en los viejos tiempos, te eché alguna vez los tejos? Silvera se queda pensativo. Y al final dice que, que él recuerde, lo único que hice fue darle de sopapos unas cuantas veces.

–Cuatro de marzo –digo–. Fue O'Boye el que le dio la noticia a Trader, ¿no?

La noche de la muerte de Jennifer, el detective Oltan O'Boye se dirige en su coche al campus de la CSU a informar de los hechos al profesor Trader Faulkner. Trader y Jennifer

1. Se refiere al helio, que inhalado afina la voz. *(N. del T.)*

viven juntos, pero los domingos por la noche Trader se va a dormir al catre de su despacho del campus. O'Boye llama a su puerta a eso de las 23.15. Trader está ya en pijama, bata y zapatillas. Puesto al corriente de los hechos, muestra una hostil incredulidad. Allí tenemos a O'Boye, metro ochenta y tres de estatura, ciento treinta y cinco kilos de carne y grasa de comisaría, con una chaqueta sport de poliéster, cara de caimán y una Magnum pegada a la cadera. Y tenemos al catedrático adjunto en zapatillas, llamándole puto mentiroso y aprestándose a lanzarle un puñetazo.

–O'Boye le llevó a la ciudad –dice Silvera–. Mike, he visto tíos en mi vida, pero éste es un puto «bellezón». Los cristales de sus gafas son como los del telescopio de Mount Lee. Y no te lo pierdas: gasta chaqueta de tweed con *coderas de cuero*. Y ahí lo tienes sentado en un banco del pasillo, con las manos en los ojos, llorando, sin recatarse un pelo. El muy cabrón.

Digo: ¿Vio el cuerpo?

Dice: Sí. Le dejaron verlo.

Digo: ¿Y?

Dice: Pues lo que hizo fue inclinarse sobre él. Pensé que iba a abrazarlo, pero no lo hizo.

Digo: ¿Dijo algo?

Dice: Dijo Jennifer... Oh, Jennifer, ¿qué es lo que has hecho?

–¿Detective Silvera?

Es Hosni. Una llamada de Overmars. Silvera se levanta, y yo me pongo a recoger nuestras cosas. Luego espero un par de minutos y voy a reunirme con él en el teléfono.

–Muy bien –digo–. ¿Cuántos tenemos de tres disparos en la cabeza?

–Es fantástico. Siete en los últimos veinte años. Ningún problema. Y hasta tenemos uno de cuatro.

Camino de la puerta echamos una mirada a la zona de

«no fumadores». El tipo de antes está allí sentado, solo, olvidado, desatendido, con aire vigilante y tenso.

–Es como el coronel Tom –dice Silvera–. Está en la sección equivocada. Oh, y adivina qué. Cinco de ellos eran mujeres. Es lo que decimos siempre. Los hombres matan gente. Matar es cosa de hombres. Las mujeres se matan a sí mismas. El suicidio es cosa de féminas, Mike.

10 de marzo

Sábado. A la mañana, por puro gusto, me paso por media manzana de Whitman Avenue haciendo preguntas. Ahora es un barrio muy agradable. Un enclave de clase media en la frontera de la Veintisiete. Tienes la vieja Biblioteca Universitaria en Volstead, y la Business School en York. Las ciudades norteamericanas gustan de asegurarse de que sus sedes del saber estén siempre rodeadas de zonas conflictivas (ésa es la realidad, amigos), y eso es exactamente lo que sucedía en ésta. Hace diez años, Volstead Street era algo así como la batalla de Stalingrado. Ahora está toda cerrada a cal y canto y con aire devastado: vacía o sencillamente abandonada, sin mucho más que un par de maleantes a la vista. Es duro tener que decir quién hizo esto. Lo hizo la economía.

Así que voy de puerta en puerta, bajo los olmos, y los vecinos cooperan muy amablemente. No es como hacerse una manzana de casas todas pegadas en Oxville, o una investigación exhaustiva en Destry. Nadie me dice que me vaya al infierno a chupar pollas. Pero nadie vio nada, tampoco, el cuatro de marzo. Ni oyó nada.

Hasta la última visita. Sí. Quién lo iba a decir. Una chiquilla, con cintas rosas y calcetines. Silvera tiene razón: este jodido caso es curioso de verdad. Pero no me topo con puro ketchup, porque los chiquillos, con sus ojos nuevos, ven cosas que nadie ve. Los demás no hacemos más que mirar y mirar y ver siempre la misma mierda.

Estoy acabando con la madre, que va y me dice de pronto:

—Pregúntele a Sophie. ¡Sophie! Sophie estaba fuera, yendo de un lado a otro de la calle en su bici nueva. No le dejo salir con ella de esta calle.

Sophie viene a la cocina y me pongo en cuclillas delante de ella.

—Atiende, cariño, porque puede ser muy importante.

—El número 43... Sí. La casa del cerezo...

—Piénsalo bien, cariño.

—Se me salió la cadena. Intentaba volver a ponerla.

—Sigue, cariño.

—Y salió un hombre.

—¿Qué aspecto tenía, cariño?

—De pobre.

—¿De pobre? ¿Qué quieres decir, cariño? ¿Que iba como andrajoso?

—Tenía remiendos en la ropa.

Tardé un segundo. Tenía «remiendos» en los *codos*. Un pobre. Exacto: ¿no suelen decir los niños las cosas más crueles?

—Cariño, ¿cómo era ese hombre?

—Parecía como loco. Pensaba pedirle que me ayudara a poner la cadena, pero no se lo pedí.

Instantes después, estoy diciendo:

—Gracias, cariño. Gracias, señora.

Cuando voy de puerta en puerta enseñando la placa, como ahora, y las mujeres me ven llegar por el camino de entrada..., no sé lo que pensarán. Ahí estoy con mi trenca y mis vaqueros negros. Piensan que soy una tortillera activa. O una camionera de la Unión Soviética. Pero los hombres saben al instante lo que soy. Porque les miro a los ojos, directamente. Cuando eres poli de patrulla, en las calles, es lo primero que tienes que aprender a hacer bien: mirar fijamente a los hombres. A los ojos. Luego, cuando ya fui de paisano, de incógnito, tuve que «desentrenarme» por completo y volver a empezar desde el principio. Porque no hay en el mundo ninguna otra mujer –ni estrella de cine ni neurocirujana ni jefa de estado– que mire a un hombre con la fijeza de una mujer policía.

Cuando vuelvo a casa me encuentro con la habitual decena de mensajes del coronel Tom. Cambia de opinión constantemente, se devana los sesos en busca de alguna «mancha» en la biografía de Trader. Y da con un «expediente» de inestabilidad y accesos de irritación que se resume en unos cuantos desacuerdos familiares y una reyerta en un bar cinco años atrás. Y algunos ejemplos de impaciencia, de no demasiada galantería con Jennifer. Ocasiones en que dejó que pisara un charco sin tender sobre él la chaqueta...

El coronel Tom está perdiendo el hilo de la historia. Me gustaría que pudiera oírse a sí mismo. Algunas de sus acusaciones son de una menudencia tal que me hacen pensar en asesinatos retóricos. Los asesinatos retóricos se dan cuando alguien es arrojado a los perros por cometer una falta de etiqueta que habría pasado inadvertida hasta a la mismísima Emily Post.[1]

–¿Cuál es el plan de caza, Mike?

Se lo conté. Dios... En cualquier caso, pareció enormemente complacido.

1. Emily Post: célebre escritora norteamericana de temas de etiqueta. *(N. del T.)*

Si el «jurado» sigue aún reunido para emitir un «veredicto» sobre las mujeres policía, sigue igualmente reunido para emitir un «veredicto» sobre Tobe. Sigue reunido –y lleva meses–, y sigue pidiendo a gritos la transcripción de la alocución inaugural del juez que lleva el caso.

El hombre está ahora mismo ahí al lado viendo un concurso de la tele *grabado* en el que los concursantes han sido aleccionados de antemano para que brinquen y griten y lancen vítores y se despellejen unos a otros cada vez que uno de ellos da con la respuesta acertada. Las preguntas –se proponen varias respuestas– no tienen que ver con *hechos*. Tienen que ver con lo que *suele decirse*. Los contrincantes responden no lo que piensan en realidad, sino lo que piensan que todo el mundo piensa.

Pasé a la habitación de al lado y me senté en el «gran diván» del regazo de Tobe, y durante cinco minutos observé cómo lo hacían. Adultos hechos y derechos comportándose como niños de seis años en una fiesta de cumpleaños, con el tenor siguiente:

«¿Cuál es, según los norteamericanos, el desayuno preferido de Norteamérica? Los cereales. ¡No está mal! Pero sólo un 23 por ciento. Café con tostadas ¡Fantástico! *Correcto*.»

«¿Cuál es, a juicio de los norteamericanos, el método de suicidio más utilizado? Los somníferos. ¡Sí, señor! ¡Bravo!»

«¿Dónde piensan los norteamericanos que está Francia? En Canadá. ¡No, señor!»

11 de marzo

Sale una esquela esta mañana en el dominical del *Times*. Por su delicadeza y brevedad uno sabe que Tom Rockwell ha empleado toda su influencia.

Apenas unas líneas; la causa del óbito, «aún sin determinar». Y una fotografía. Que habría sido tomada..., ¿hace cuánto?, ¿unos cinco años? Jennifer sonríe con una pueril falta de inhibición, como si acabara de oír algo maravilloso. Si uno echara una ojeada a esta fotografía –la sonrisa, los ojos jubilosos, el pelo corto que realza el largo cuello, la mandíbula limpia–, pensaría que se encontraba ante alguien a punto de casarse un tanto prematuramente. No ante alguien que moriría de forma súbita unos años más tarde.

La doctora Jennifer Rockwell. Y las fechas de su nacimiento y de su muerte.

¿La chiquilla de Whitman Avenue, con sus cintas rosas y sus calcetines? No, ella no *oyó* nada el cuatro de marzo. Hoy, sin embargo, he ido a ver a alguien que sí oyó algo.

La señora Rolfe, la vieja dama del ático. Son las cinco y media de la tarde y está ya medio beoda. Así que no espero mucho de ella. Y no es mucho lo que consigo. Lo que bebe es jerez dulce: la mejor elección por lo que paga. El señor Rolfe murió hace muchos años, y ella vive plácidamente una viudedad que está durando más que su matrimonio.

Le pregunto por los disparos. Me cuenta que estaba dormitando (sí, dormitando) con la televisión encendida, y que también había disparos en la tele. Algo de polis, claro. Describe la detonación que oyó como la inconfundiblemente propia de un arma de fuego, aunque sin llegar a ser más ruidosa que una puerta al cerrarse dos o tres cuartos más allá. No es difícil calibrar la calidad del inmueble, construido en una época de materiales baratos. La señora Rolfe marcó el 911 a las 19.40. El primer policía apareció a las 19.55. Tiempo de sobra, en teoría, para que Trader levantara el campo y se largara. La niña se acercó en su bicicleta, según su madre, «a eso de las ocho menos cuarto». Lo que sitúa a Trader en la calle..., ¿a qué hora? ¿A las 19.30? ¿A las 19.41?

–¿Solían pelearse?

–No, que yo sepa no –dice la señora Rolfe.

–¿Qué le parecían a usted?

–La pareja soñada.

Pero ¿de qué clase de «sueño»?, me pregunto.

–Es tan horrible –dice, alargando la mano hacia la botella–. Me ha afectado mucho. Lo admito.

Sí, de acuerdo. Yo era así cuando era alcohólica. Cualquier mala noticia servía de pretexto. Hasta la muerte del perro de una amiga.

–Señora Rolfe, ¿le pareció alguna vez deprimida Jennifer?

–¿Jennifer? Siempre estaba alegre. Siempre alegre.

Trader, Jennifer, la señora Rolfe: unos vecinos bien avenidos. Jennifer solía hacerle recados a la vieja. Y si hacía falta cambiar de sitio algo pesado, arrimaba el hombro Trader. La pareja tenía llave de su apartamento. Y ella tenía llave del apartamento de Jennifer. Aún la conservaba (fue la que se utilizó para entrar en el apartamento la noche del cuatro de marzo). Me haré cargo de ella, muchas gracias, le digo. La consignaré en Control de Pruebas. Le dejo mi tarjeta, por si acaso necesita algo. Me veo pasando a verla de cuando en cuando, como todavía sigo haciendo con varios ancianos de la Zona Sur. Me veo acabar tomándomelo como un deber.

En el piso de abajo: la puerta del apartamento de Jennifer está precintada con la cinta anaranjada de los «escenarios del crimen». Entro en él unos segundos. Mi primera reacción, en el dormitorio, es estrictamente policial. Pienso: Qué hermoso escenario del crimen. No desvirtuado en absoluto. No sólo las salpicaduras de sangre de la pared, sino las sábanas de la cama conservan la apariencia exacta que recordaba.

Me siento en la silla con mi 38 en el regazo, tratando de imaginar cómo fue todo. Pero sigo pensando en la Jennifer que conocí. Por muchos que fueran sus dones, físicos y mentales, jamás te hacía de menos. Si te encontrabas con ella en una fiesta, por ejemplo, o por la calle en el centro, no sólo te saludaba y pasaba de largo. Siempre tenía unas palabras para ti. Siempre te dejaba algo de sí misma.

Jennifer te dejaba algo de sí misma.

12 de marzo

Hoy tengo el turno nocturno: de doce a ocho. Me paso la noche sentada, fumando y poniendo cintas: de audio, de vídeo, audiovisuales. Estamos investigando el nuevo hotel en Quantro, porque sabemos que la Organización ha metido dinero en el negocio. Y por fin consigo el documento visual que estaba buscando: dos tipos en el gran atrio, de pie en la penumbra, detrás de la fuente. Cuando hablamos de la Organización o del Crimen Organizado, en esta ciudad, no nos referimos a los Colombianos o a los Cubanos, o a la Yakuza, o a los Jake o a el Ruk o a los Crips o a la Mafia Negra. Nos referimos a los italianos. Así que observo cómo aquellos dos latinos con trajes azules de quinientos dólares charlan y gesticulan, muy corteses. Hombres de honor, merecedores de respeto. Los maleantes listillos dejaron las viejas pautas hace mucho tiempo, pero luego se han hecho ciertas películas que les han recordado que sus abuelos profesaban toda esa mierda, lo del honor y todo eso, y han empezado otra vez a practicar los viejos modos.

Dicho sea de paso: queremos ese hotel.

Siento gratitud por los días apacibles de trabajo, por los días como éste: de letargia y de una leve aunque persistente náusea que tiene que ver con mi época vital, y con mi hígado. Más con mi hígado que con mi útero no usado. Mi única solución para el hígado es el trasplante, un trasplante de hígado en toda regla, algo factible pero muy caro. Pero la precariedad –el riesgo de un fallo hepático irreversible– me mantiene en el buen camino. Si me comprara otro hígado, acabaría también por hacerlo polvo.

A primeras horas de la tarde el coronel Tom me llama y me pregunta si puedo pasar a verle a su despacho del piso veintitrés.

Se está como encogiendo. Su escritorio es muy grande, es cierto, pero ahora parece un portaaviones. Y la cara del coronel, una pequeña torreta artillera con sus dos botones de emergencia rojos. No está mejorando nada.

Le digo lo que tengo planeado para Trader.

Vas a jugar duro, me dice. Lo sabía.

Sabe que sé hacerlo. El coronel Tom.

A tu aire, Mike, me dice. Detenlo por lo que sea. No me importa si confiesa y sale a la calle. Lo que quiero es oírselo decir.

¿Oírselo decir, coronel Tom?

Es lo único que quiero: oírselo decir.

Con Silvera y Overmars, uno siempre sabe cuándo un caso está empezando a derrotarles: empiezan a afeitarse sólo de cuando en cuando. Amén de los habituales síntomas de no haber pegado ojo en un mes. Pronto son como esos tipos que se apiñan en torno al brasero en los apartaderos de ganado... Fantasmas de una cuadrilla ganadera de la Depresión, iluminados por el fulgor de la lumbre... El coronel tiene las mejillas afeitadas, suaves. Unas mejillas tersas. Pero de nada le serviría la navaja de afeitar para las manchas pardas de dolor de debajo de los ojos, que se hacen cada vez más hondas y duras y van asemejándose a postillas.

–No te dejes embaucar por toda su palabrería de la Ivy League y la Calavera. Por su voz suave. Por su lógica. Por su pose de que hasta él mismo piensa que es demasiado bueno para ser real. Hay maldad en él, Mike. Es...

Calla. Su cabeza vibra; su cabeza literalmente se estremece ante los horrores que imagina. Imaginaciones que quiere y necesita que sean ciertas. Porque cualquier horror, sí, cualquiera: violación, mutilación, desmembramiento, canibalismo, torturas maratonianas de ingenuidad china, de refinamiento afgano..., cualquier horror es mejor que el de su hija metiéndose el 22 en la boca y apretando el gatillo tres veces.

El coronel Tom ahora está a punto de cargarme una nueva responsabilidad sobre los hombros. Lo veo venir. Parece cobrar ánimo. Con viveza, aunque nervioso, empieza a hurgar en las hojas de una carpeta (parece un informe del laboratorio del forense). Me pregunto cómo estará siguiendo y controlando el goteo de hallazgos de la autopsia que van llegando a su despacho.

–Jennifer ha dado positivo en la prueba del semen; vaginal y oralmente –dice, y le cuesta enormemente seguir mirándome de frente–. Oral, Mike. ¿Te das cuenta de lo que estoy diciendo?

Asiento con la cabeza. Y mientras lo hago, por supuesto, estoy pensando: Dios, esto es jodido de verdad.

Han pasado ocho días y Jennifer Rockwell sigue tendida y expuesta como una bandeja en un banquete en el cuarto frigorífico de Battery and Jefferson.

Le tocaba a Trader.

Mi primer pensamiento fue el siguiente: mandar a Oltan O'Boye y quizá a Keith Booker al departamento de Trader en la universidad, en un coche policial, y sacarlo del seminario que estuviera impartiendo. Sí, con luces pero sin sirenas. Sacarlo de un tirón del aula o de donde estuviese, y traerlo aquí al centro. El problema era que nos toparíamos con una acusación formulada precipitadamente. Y fuera lo que fuese lo que opinara el coronel Tom, aún no había pruebas para inculparle.

Así que me limité a llamarle a su habitación del campus. A las seis de la mañana.

—¿Profesor Faulkner? Le habla la detective Hoolihan. De Homicidios. Quiero que venga hoy a Investigación Criminal. Tan pronto como humanamente pueda.

Dijo: ¿Para qué?

—Le enviaré el furgón policial. ¿Quiere que le envíe el furgón policial?

Dijo: ¿Para qué?

Y me limité a decirle que quería aclarar unas cosas.

Es perfecto para mí, la verdad.

Hacia las ocho de la mañana nos azota una ventisca que nos llega en tromba desde Alaska. Hay granizo, aguanieve, nieve y espuma que nos llega desde el océano por el aire, amén de gruesas gotas de lluvia helada que te golpean la cara como latigazos. Trader se estará abriendo paso hacia la salida del metro o bajándose de un taxi ahí en Whitney. Mirará, en busca de abrigo, hacia arriba, hacia la Lubianka[1] del CID.

---

1. Centro de detención del KGB. *(N. del T.)*

Donde encontrará una sucesión de pasillos de linóleo mojado y sucio, un ascensor ruidoso y lento y, en Homicidios, una policía de cuarenta y cuatro años, de áspero pelo rubio, tetas de luchadora, anchas espaldas y ojos azules claros en una cara que lo ha visto ya todo.

Y Trader apenas se topará con nadie más. Es martes. En Homicidios el zoo hoy sólo da albergue a una breve muestra de testigos, sospechosos, malhechores y autores de algún delito. El *fin de semana*, que en nuestra jerga significa una buena «orgía» de crímenes urbanos, ya ha pasado. Y además está el mal tiempo: el mal tiempo es la policía más efectiva. Mientras está en el zoo, y a modo de compañía, Trader sólo encontrará al marido, al padre, al chulo de alguna prostituta apaleada, y a un asesino a sueldo del Crimen Organizado (el mejor pagado en la actualidad) llamado Jackie Zee, al que han llamado al Departamento para que explique con más detalle una coartada.

Los teléfonos están silenciosos. El turno de noche agoniza ya y está entrando en escena, renqueante, el de ocho a cuatro. Johnny Mac está leyendo un editorial del *Penthouse*. Keith Booker, un cabronazo negro lleno de cicatrices y de lingotes de oro en la dentadura, intenta ver un partido universitario de Florida en el televisor, que funciona más mal que bien. O'Boye se afana penosamente sobre la máquina de escribir. Los dos están en el ajo. Silvera está al corriente del asunto, pero estos dos están en el ajo. Trader Faulkner no va a recibir palabras de condolencia de nadie en el departamento.

A las 8.20 el catedrático adjunto se presenta abajo y es enviado al piso catorce. Lo veo llegar. En la mano derecha lleva la cartera, en la izquierda la tarjeta rosa que le han dado los de seguridad en recepción. El ala de su sombrero de fieltro, que ha perdido la rigidez con la lluvia, empieza a inclinársele sobre la cara ensombrecida, y el abrigo despide un tenue vapor bajo la luz fluorescente. Su manera de andar es resuelta, y un tanto abierta a la altura de las rodillas. Sus zapatos zambos se acercan hacia mí chapoteando.

Dice:

—Usted es Mike, ¿no? Me alegra volver a verla.

Y yo digo:

—Llega tarde.

Mientras está entrando en el zoo, Johnny Mac le echa una mirada de reojo, y Booker le mira sin dejar de darle a la mandíbula con el chicle. Le indico una silla. Y me voy. Si le apetece puede charlar filosóficamente con Jackie Zee. A la media hora vuelvo. En respuesta a un movimiento de cabeza que le dirijo, Trader se levanta y le conduzco de nuevo hacia los ascensores.

Entonces, como tenemos planeado, Silvera sale por la puerta donde se lee Crímenes Sexuales y dice: ¿Qué hay, Mike? ¿Qué tenemos entre manos?

Y yo digo algo como: Tenemos a la prostituta muerta que ha cambiado las citas de diez dólares por un Aparcamiento Para Siempre. Tenemos al gilipollas de Jackie Zee, el asesino. Y tenemos *esto*.

Silvera mira a Trader de arriba abajo y dice: ¿Necesitas ayuda?

Digo que no. Y lo digo en serio. Y ésa será toda la participación de Silvera en el asunto. Nada de toda esa mierda del poli malo y el poli bueno, que encima no funciona. No es sólo que Pepito Criminal conozca de sobra el juego después de ver cientos de veces las reposiciones de *Hawai 5-0*. Sino que desde el fallo en el caso Escobedo, treinta años atrás, los polis malos han perdido toda posibilidad legal de poner en práctica sus mañas. La única época en la que los polis malos sirvieron para algo fue en los viejos tiempos, cuando entraban en la sala de interrogatorios cada diez minutos y le daban al sospechoso en la cabeza con las Páginas Amarillas. Y además: tengo que hacer esto sola, y a mi modo. Como siempre he trabajado.

Me vuelvo y conduzco a Trader Faulkner hasta la pequeña sala de interrogatorios, parándome sólo para coger la llave del gancho.

Excediéndome tal vez un poco, lo dejo allí encerrado y solo durante otras dos horas y media. Le digo que puede golpear la puerta si quiere algo. Pero en todo ese tiempo ni se mueve.

Cada veinte minutos voy a echarle un vistazo a través de la ventana corrediza, en la que por supuesto sólo se ve desde el lado mío. Lo único que él puede ver es un espejo rayado y turbio. Y lo que yo veo es a un tipo de unos treinta y cinco años que viste una chaqueta de tweed con coderas de cuero.

Axioma:

Si los dejas solos en la sala de interrogatorios, a algunos tipos se les pone aspecto de estar al borde del vómito. Y siguen así durante horas. Sudan tanto que parece que acaban de salir de una piscina. Comen, tragan aire. O sea, lo pasan fatal. Y entras y les pones una luz en la cara. Y tienen los ojos saltones: las órbitas grandes y rojas, y como con facetas, pequeños cuadrados alambrados, mohosos, de ángulos suaves.

Éstos son los inocentes.

Los culpables se echan a dormir. Sobre todo los veteranos. Saben que se trata de un tiempo muerto que forma parte del juego. Pegan la silla contra la pared y se acomodan en ella en el rincón, con profusión de gruñidos y chasquidos de autocomplacencia. Y se duermen.

Trader no estaba durmiendo. Y tampoco estaba crispado ni resollaba ni se rascaba el pelo. Trader estaba *trabajando*. Tenía un grueso texto mecanografiado encima de la mesa, junto al cenicero de hojalata, y hacía correcciones en él con un bolígrafo. Con la cabeza baja, con las gafas de aire lechoso bajo la desnuda bombilla de cuarenta vatios. Primero una hora, luego otra, luego otra media.

Entro y cierro la puerta a mi espalda. Esto pone en marcha la grabadora que hay debajo de la mesa donde está sentado Trader. Percibo a una tercera persona en la sala: es como si el coronel Tom estuviera ya escuchando. Trader ha levantado la vista y me está mirando con neutralidad paciente. Me saco de debajo del brazo la carpeta del caso y la lanzo sobre la mesa, delante de sus narices. Sujeta a la tapa con un clip, hay una fotografía de doce por veinte de Jennifer muerta. A su lado pongo una hoja con el encabezamiento «Comunicación de Derechos». Y empiezo.

Muy bien. Trader. Quiero que responda a algunas preguntas preliminares. ¿Le parece bien?

Supongo que sí.

¿Cuánto tiempo llevaban juntos usted y Jennifer?

Ahora me hace esperar *a mí*. Se quita las gafas y se mide conmigo con la mirada. Y luego la aparta. Sus dientes superiores van mostrándose poco a poco. Y para responder a mi pregunta parece tener que orillar como un obstáculo. Pero no un obstáculo del habla.

Casi diez años.

¿Y cómo se conocieron?

En la CSU.

¿Cuántos años le llevaba usted? ¿Siete años?

Ella estaba en segundo de carrera. Yo en posdoctorado.

¿Le daba clases? ¿Era alumna suya?

No. Estudiaba Matemáticas y Física. Yo estaba en Filosofía.

Explíquemelo. Usted da Filosofía de la Ciencia, ¿no es eso?

Ahora sí. Me cambié. En aquella época daba Lingüística.

¿Lengua? ¿Filosofía de la Lengua?

Exacto. El Condicional. Me pasaba el tiempo pensando en la diferencia entre «si era» y «si fuera»...

Y ahora, amigo, ¿se pasa el tiempo pensando en qué?

... En muchos mundos.

Perdone. ¿Se refiere a otros planetas?

Muchos mundos, muchas mentes. La interpretación de los estados relativos. Popularmente conocidos como «universos paralelos».

A veces tengo un aire de niña seria que trata de no llorar. Lo tengo ahora, lo sé. Como sucede con los niños, al mantenerme con los ojos secos mientras soporto la solidaria lástima, mi actitud es más desafío que autocompasión. Cuando no entiendo algo, me muestro desafiante. Pienso: No voy a quedar excluida en esto. Pero uno siempre está excluido, por supuesto. Siempre. Lo único que puede hacer es aguantarse.

Así que no fue un nexo académico. ¿Cómo se conocieron?

... En el ámbito social.

Y ¿cuándo empezaron a vivir juntos?

Cuando se licenció. Como un año y medio después.

¿Cómo describiría usted su relación?

Trader guarda silencio. Enciendo un cigarrillo con la colilla del anterior. Como de costumbre –y adrede– estoy convirtiendo la sala de interrogatorios en una cámara de gas. Los asesinos a sueldo, los que apalean a las prostitutas, raras veces se quejan de esto (aunque a veces te llevas sorpresas). Pero supongo que un profesor de Filosofía tendrá un más bajo umbral de tolerancia. Al final, en ocasiones, esto es todo lo que te queda: un cenicero lleno. «Colillas y colillas», lo llamamos. Te quedas con el cenicero lleno, y el nivel de humo en los pulmones te sube hasta el infinito.

¿Puedo coger uno de ésos?

Adelante.

Gracias. Lo dejé. Cuando me fui a vivir con Jennifer, precisamente. Los dos lo dejamos. Pero parece que vuelvo a engancharme. ¿Que cómo describiría nuestra relación? Feliz... Feliz.

Pero estaba acabándose.

No.

Había problemas.

No.

De acuerdo. Todo iba viento en popa. Lo dejaremos así por el momento.

¿Perdón?

Estaban planeando un futuro en común.

Eso pensaba.

Casarse. Tener niños.

Eso pensaba.

Y hablaban de ello... Le pregunto que si hablaban de ello... Muy bien. Hijos. ¿Querían tener hijos? ¿Usted quería?

Claro. Tengo treinta y cinco años. Empiezas a sentir deseos de ver una cara lozana y nueva.

¿Y ella quería?

Era una mujer. Las mujeres quieren tener niños.

Me mira; mira mi carne urbana, mis ojos. Y está pensando: Sí. Todas las mujeres excepto ésta.

¿Se refiere a que las mujeres quieren tener hijos de un modo diferente? ¿Jennifer quería tener hijos de un modo diferente?

Las mujeres quieren hijos físicamente. Los quieren con el cuerpo.

Eso quieren, ¿eh? Pero usted no.

No, sólo que pienso que si vas a vivir la vida...

Plenamente...

No, que si vas a vivir la vida a secas, entonces el asunto... Por favor, ¿puedo...?

Adelante.

Ahora debo despojarme de cualquier posible resto de afabilidad. Cosa nada difícil en mi caso, según algunos. Tobe, por ejemplo. Un policía fuerza una sospecha hasta convertirla en convicción: ése es el proceso externo. Pero también está el proceso interno. El mío. Sólo sé hacerlo de esa forma. Tengo que forzarme para que mi sospecha se vuelva convicción. En resumen: tengo que interiorizar la idea de que el tipo es culpable. En esto tengo que ser como el coronel Tom. Tengo que creérmelo. Tengo que querer que sea *así*. Tengo que *saber* que lo hizo. Lo sé. Lo sé.

Trader, quiero que me detalle con precisión todo lo sucedido el cuatro de marzo. Lo que pretendo, Trader, es lo siguiente: ver si lo que me cuenta usted coincide con lo que ya tenemos.

¿Con lo que ya tienen?

Sí, Trader. Las pruebas físicas obtenidas en el lugar del crimen.

En el lugar del *crimen*...

Trader, tanto usted como yo vivimos en una burocracia. Y en esto hay ciertas patrañas que tenemos que despejar.

Me va a leer mis derechos...

Sí, Trader. Le voy a leer sus derechos.

¿Estoy detenido?

Parece que le divierte. No, todavía no está detenido. ¿Quiere estarlo?

¿Soy sospechoso?

Veremos cómo se desenvuelve. Esta hoja...

Espere. Detective Hoolihan, puedo dejarlo, ¿no es cierto? No tengo que decirle nada. Puedo llamar a un abogado, ¿no es cierto?

¿Cree que necesita un abogado? Si cree que necesita un abogado, podemos hacer que venga uno ahora mismo. Y se acabó. Mandamos esta carpeta al ayudante del fiscal del estado y yo ya no podré hacer nada por usted. ¿Cree que necesita un abogado? ¿O quiere seguir aquí sentado conmigo intentando arreglar todo este asunto?

Trader vuelve a desnudar los dientes. Vuelve a instalarse en él ese aire de dificultad, de impedimento. Pero ahora hace un rápido gesto de asentimiento con la cabeza, y dice:

Empiece. Empiece.

El encabezamiento de esta hoja dice «Comunicación de derechos». Léala y firme cada apartado. Aquí. Y ahí. Muy bien. Perfecto. Domingo. Cuatro de marzo.

Trader enciende otro cigarrillo. Ahora la sala de interrogatorios desborda casi de humo. Trader se inclina hacia adelante y empieza a hablar, no ensoñadora o melancólicamente, sino de forma realista, con los brazos cruzados y la mirada baja.

Domingo. Era domingo. Hicimos lo que siempre hacíamos los domingos. Nos quedamos durmiendo hasta tarde. Yo me levanté a eso de las diez y media y preparé el desayuno. Huevos revueltos. Leímos el *Times*. Ya sabe, detective. En bata. Ella con las páginas de Arte. Yo con las de Deportes. Luego trabajamos como una hora. Y salimos justo antes de las dos. Dimos un paseo. Nos tomamos un sándwich en Maurie's. Seguimos paseando. Por Rodham Park. Hacía un día precioso. Frío y claro. Jugamos al tenis, en pista cubierta, en el Brogan. Ganó Jennifer, como siempre. El resultado fue 3-6, 6-7. Volvimos a eso de las cinco y media. Hizo lasaña para cenar. Metí mis cosas en una bolsa y...

Exacto. Lió el petate.

No le entiendo. Nunca pasábamos los domingos por la noche juntos. Y era domingo. Metí mis cosas en una bolsa.

Eso es: lió el petate. Porque aquél no era un domingo cualquiera, ¿verdad, Trader? ¿Veía venir la cosa? ¿Desde hacía cuánto? La estaba perdiendo, ¿verdad, Trader? Quería quitárselo de encima, Trader, y usted se lo estaba oliendo. Puede que hasta se estuviese viendo con otro hombre. Puede que no. Pero la cosa se había terminado. Oh, venga, hombre de Dios. Pasa continuamente. Sabe muy bien cómo es la cosa, profesor. Hay canciones populares sobre ello. Sube a ese autobús, Gus. Deja la llave, Dave. Pero no iba a permitir que le sucediera a usted, ¿no es eso, Trader? Y yo lo entiendo. Lo entiendo.

No es verdad. No es así. Es falso.

¿Cómo ha dicho que era el estado de ánimo de Jennifer aquel domingo?

Normal. Alegre. Alegre como de costumbre.

Sí, muy bien. Así que después de un día alegre como de costumbre con su novio, también de natural alegre, espera a que éste se marche del apartamento para pegarse un par de tiros en la cabeza.

¿Un par de tiros?

¿Le sorprende?

Sí. ¿No la sorprende a usted, detective?

En el pasado, he entrado en esta sala de interrogatorios con munición más mojada que la que ahora estoy utilizando, y a su debido tiempo he conseguido una confesión. Pero no a menudo. A tipos acusados de auténticas matanzas, y no por primera vez; a asesinos con fichas policiales y carcelarias tan largas como rollos de papel higiénico les he hecho sudar la gota gorda sin esgrimir más que un pelo de tipo caucásico o media huella de una Reebok. Es sencillo. Les ganas por la ciencia. Pero es «Filosofía de la Ciencia» lo que enseña Trader precisamente.

Ahora voy a emplearme a fondo. Sin cuartel.

Trader, ¿en qué momento la fallecida y usted tuvieron una relación sexual?

¿Qué?

La fallecida dio positivo en la prueba de semen. Vaginal y oralmente. ¿Cuándo tuvo lugar eso?

No es asunto suyo.

Oh, sí es asunto mío, Trader. Es mi trabajo. Y ahora voy a decirle exactamente lo que sucedió esa noche. Porque lo sé, Trader. Lo sé. Es como si hubiera estado allí. Usted y ella discutieron por última vez. La última pelea. Y se acabó. Pero usted quería hacer el amor con ella una vez más, la última, ¿no es cierto, Trader? Y una mujer, en un momento como ése, cede. Es humano. Acceder a esa petición. Una vez más, la última. En la cama. Luego en la silla. Usted «acabó» en la silla. Usted acabó «lo suyo» en la silla, Trader. Y le disparó un tiro en la boca abierta.

Dos disparos. Ha dicho que fueron dos disparos.

Sí, eso he dicho, ¿no? Y ahora voy a contarle un secreto que usted ya sabe. ¿Ve esto? Son los resultados de la autopsia. Tres disparos, Trader. Tres disparos. Y déjeme decirle que eso *descarta* el suicidio. *Descarta* el suicidio. O sea que lo hizo la señora Rolfe, la dama de arriba; o la niñita de la calle. O lo hizo usted, Trader. O lo hizo usted.

El espacio que le rodea se vuelve gris y húmedo, y siento el depredador que hay en mí. Él está como borracho, no..., como drogado. Como si hubiera tomado anfetaminas: no hecho polvo sino «bloqueado». (Yo entendería más tarde lo que estaba sucediendo en su cabeza, la imagen que se estaba formado en ella. Lo entendería porque también yo la vería.)

Es la expresión de su cara lo que me hace preguntarle:

¿Cómo se siente con respecto a Jennifer? Ahora mismo. En este instante.

Homicida.

Dígalo otra vez.

Ya me ha oído.

Muy bien, Trader. Creo que vamos por buen camino. Y así es como se sentía la noche del cuatro de marzo. ¿No, Trader?

No.

Todas las horas que he pasado en las salas de interrogatorios a lo largo de los años se agolpan ahora en mí; todas las horas, todos los flujos y repeticiones de todo un abanico de las más intensas sensaciones. Todas las cosas que tienes que oír y que tienes que seguir oyendo: incluidas las que salen de tus propios labios.

Tengo un testigo que le sitúa a usted fuera de la casa a las siete y treinta y cinco. Con expresión desolada. «Como loco». Fuera de sí. ¿Le suena, Trader?

Sí. El momento... El estado de ánimo.

Veamos. Mi testigo dice que oyó los disparos antes de que usted saliera por la puerta. Antes. También le suena, ¿no, Trader?

Espere.

De acuerdo. Muy bien, esperaré. Porque le entiendo. Entiendo la presión que estaba soportando. Entiendo lo que ella le estaba haciendo pasar. Y por qué usted tuvo que hacer lo que hizo. Puede que cualquier hombre hubiera hecho lo mismo. Esperaré, claro que sí. Porque no va a decirme nada que no sepa.

Con su cenicero de hojalata, su guía telefónica curvada por las esquinas y su bombilla desnuda de cuarenta vatios, la sala de interrogatorios no tiene el menor aire de confesionario. Aquí el culpable no busca la absolución o el perdón. Busca la aprobación: una aprobación severa. Como los niños, quiere salir de su aislamiento. Quiere ser recibido de nuevo en la comunidad, por grave que sea lo que ha hecho. He estado sentada aquí en la misma silla barata de metal y he dicho rutinariamente, con cara grave, no..., con indignada camaradería: *Bien, eso lo explica. ¿Cuánto tiempo llevaba su suegra enferma sin morirse? ¿Y usted iba a soportar esa postración interminable de su suegra?* O he dicho: *Basta ya, te dijiste. ¿Que el bebé se volvió a despertar llorando? Pues fuiste y le diste una lección. Sí, así fue. Te dijiste: Ya vale, tío, ¿cuánto tiempo voy a seguir soportándolo?* Le pongo a Trader Faulkner una gorra de béisbol al revés, una pastilla de chicle y un afeitado a medias, y me echo hacia adelante sobre la mesa y le digo, de la forma más rutinaria posible: *Fue el tenis, ¿no? Fue el jodido tiebreak. La lasaña*

estaba tan asquerosa como siempre. Y luego va y lo remata con
esa mierda de mamada...

Me santiguo por dentro y juro que voy a hacer ese esfuerzo de más por el coronel Tom..., que voy a poner en ello todo mi empeño, como hago siempre.

Tómate el tiempo que quieras, Trader. Y mientras piensas, no olvides esto: como te he dicho, todos hemos pasado por ello, Trader. ¿Crees que no me ha pasado a mí? Les das años y años. Les das tu vida. Y un buen día te ves en la calle. Ella solía decirte que no podía vivir sin ti. Y ahora te dice que no eres nadie. Puedo entender lo que se siente al perder a una mujer como Jennifer Rockwell. Estás pensando en los hombres que ocuparán tu lugar. Que no tardarán en llegar. Porque Jennifer era caliente, ¿verdad, Trader? Sí, conozco el tipo. Se follará a tus amigos. Luego a tus hermanos. Pronto les estará haciendo en la cama esas sabrosas cosas que tú tan bien conoces. Vaya si lo hará, Trader. Vaya si lo hará. Ahora escucha: vayamos al final. A las últimas palabras, Trader. Al peso especial, como testimonio, de las últimas palabras.

¿Qué está diciendo, detective?

Estoy diciendo que el aviso de centralita nos llegó a las siete y treinta y cinco. Y que llegamos al lugar pocos minutos después. Y adivine qué, Trader. Ella aún *estaba* allí, Trader. Y le nombró a usted. Anthony Silvera lo oyó. Lo oyó John Macatitch. Lo oí yo. Ella le delató. ¿Qué le parece, Trader? Ahí tiene. La muy puta llegó a delatarle.

Llevamos aquí cincuenta y cinco minutos. Trader tiene la cabeza baja. Como prueba, el valor de una confesión está en relación directa con la duración del interrogatorio. Sí, su señoría..., tras un par de semanas allí, cantó de plano. Pero estoy mentalmente preparada para seguir seis, ocho, diez horas. Quince horas.

Dilo, Trader. No tienes más que decirlo... Muy bien, voy a pedirle que se someta a la prueba de activación de neutrones. Así podremos saber si ha utilizado recientemente un arma de fuego. ¿Aceptaría someterse al polígrafo? ¿Al detector de mentiras? Porque pienso que debería saber cuál es el siguiente paso que le espera. Trader, va a tener que presentarse ante el jurado de acusación. ¿Sabe lo que es eso? Sí, le voy a llevar a usted ante el jurado de acusación, Trader. Sí, voy a hacerlo... Muy bien. Empecemos por el principio. Vamos a volver sobre esto unas cuantas veces más.

Levanta la mirada despacio. Su cara es diáfana. Su expresión es diáfana. Complicada, pero diáfana. Y de súbito sé dos cosas. Primera: que es inocente. Y segunda: que si quiere puede probarlo.

Da la casualidad, detective Hoolihan, de que sé lo que es un jurado de acusación. Es una vista para determinar si un caso tiene entidad suficiente para ser sometido a juicio. Eso es todo. Usted probablemente piensa que yo pienso que se trata del Tribunal Supremo o algo así. Como todos esos aturdidos pobres diablos que pasan por esta sala. Esto es tan... patético. Ah, Mike..., pobre imbécil. La estoy escuchando. Pero no es Mike Hoolihan quien habla. Es Tom Rockwell. Y el muy memo debería ruborizarse por lo que le está haciendo pasar a usted. Pero también es... un tanto increíble. Quiero decir que todo este asunto tiene su lado bueno. La semana pasada he estado con unas diez o doce personas, una tras de otra. Mi madre, mis hermanos, mis amigos, los amigos de ella. No he hecho más que estar con la boca abierta, y no he dicho ni pío. Ni una sola palabra. Pero ahora estoy aquí sentado hablando, y venga, por favor, sigamos, sigamos hablando. No sé cuánto de lo que me ha dicho es puro y simple camelo. Supongo que los informes de Balística no habrán sido falseados ni amañados, y que tendré que vivir con lo que dicen. Ahora quizá sea usted tan amable de decirme lo que es verdad y lo que es mentira. Mike, se ha hecho usted un verdadero embrollo consigo misma tratando de convertir todo esto en un misterio. Todo es pura morralla, y usted lo sabe. Un misterio chiquito, pulcro y bonito. Pero existe un verdadero misterio en todo esto. Un enorme misterio. Cuando digo que me siento homicida no estoy mintiendo. La noche en que murió Jennifer mis sentimientos eran los que siempre habían sido. Devoción, y seguridad. Pero ahora... Mike, lo que sucedió fue esto: una mujer perdió la vida de forma violenta e inesperada. Y ¿sabe una cosa? Me gustaría haberla *matado* de verdad. Tengo ganas de decirle: deténgame. Métame en la cárcel. Córteme la cabeza. Me gustaría haberla matado. Todo claro como el agua. Sin resquicios. Porque sería mucho mejor que lo que tengo delante de los ojos.

Si alguien mirara ahora a través del cristal del otro lado, no le parecería tan extraño el modo en que todo está acabando en esta sala. Al contemplar la escena, cualquier policía de Homicidios movería la cabeza y lanzaría un suspiro, y se iría a ocuparse de sus cosas.

El sospechoso y el interrogador tienen las manos enlazadas encima de la mesa. Y los dos lloran.

Yo lloro por él y lloro por ella. Y también lloro por mí. Por las cosas que he hecho a cierta gente en esta sala. Y por las cosas que esta sala me ha hecho a mí. Porque me ha hecho adoptar las más extrañas formas y tamaños. Y me ha dejado en la piel una especie de costra; por todas partes, incluso dentro. Como la pátina que antes sabía que iba a notarme, algunas mañanas, en la lengua.

14 de marzo

Me quedé durmiendo hasta tarde y hacia mediodía me despertó otro envío del coronel Tom. Una docena de rosas rojas («con gratitud, disculpas y amor»). Y también una carpeta sellada: el informe de la autopsia. Expedido, y muy probablemente revisado y «podado», por el propio coronel Tom. Había visto el vídeo: ahora tenía que leer la reseña.

Me hicieron falta dos cafeteras y medio paquete de cigarrillos para liberarme de la neblina gris rojiza que se había abatido sobre mí, como una especie de papilla, durante la noche. Y me duché. Y debían de ser casi las dos cuando me senté en el sofá en albornoz y puse una cinta que Tobe me ha grabado y que me gusta mucho: ocho versiones diferentes de *Tren nocturno*. Oscar Peterson, Georgie Fame, Mose Allison, James Brown... Tobe y yo consideramos esta cinta como un himno al bajo alquiler que pagamos. Es un alquiler ridículo; o sea, no lo notas. Así que tenía esa música, muy suave, en un rincón, mientras me obligaba a bregar con todo aquel papeleo. Pásate diez años jodida, pásate diez años soplándole al helado para que se enfríe, y tendrás una resaca de diez años (y otros veinte de alguna otra cosa aguardándote en fila india). Lo que no quiere decir que no estuviera sintiendo todo el exceso del día anterior. Me sentía gorda y con la tez color de mantequilla, y ya sudorosa o todavía mojada del vaho del cuarto de baño.

Hoc est corpus. Éste es el cuerpo.

Jennifer, medías uno setenta y ocho y pesabas sesenta y seis kilos.

Tu estómago contenía una comida totalmente digerida de huevos revueltos, salmón ahumado y panecillos-donut, y otra comida a medio digerir, una lasaña.

La lividez cadavérica estaba donde debía estar. Nadie movió tu cuerpo. Nadie te manipuló para «arreglarte».

Retroceso. En tu mano y antebrazo derechos se han hallado microscópicas partículas de sangre y de tejido. A esto lo llamamos *retroceso.*

En tu mano derecha se ha detectado también un espasmo cadavérico. O un rigor mortis espontáneo y transitorio. La curva del gatillo y la forma de la culata han quedado marcados en tu carne. Así de fuerte asiste el arma.

Jennifer, te mataste tú misma.

Caso cerrado.

16 de marzo

En el CID la gente no habla de ello. Como si hubiéramos fracasado en este caso. Pero ahora todo el mundo sabe con seguridad que Jennifer Rockwell cometió un crimen la noche del cuatro de marzo.

Si se hubiera montado en el coche y hubiera conducido cien kilómetros hacia el sur, y cruzado la frontera del estado, habría podido morir sin culpa, en la inocencia. En nuestra ciudad, sin embargo, lo que cometió fue un delito grave. Un crimen. El crimen perfecto, en cierto modo. No se ha librado de que la descubran. Pero ha escapado al castigo.

Y ha escapado a la deshonra pública. Si queremos llamarla así. Pregúntenle al juez que entiende en las muertes violentas, que la ha absuelto.

En el pasado un juez de este tipo no era sino una especie de recaudador de impuestos. Para seguir con los latinajos de la muerte: *Coronae custodium regis*. Custodio de los derechos del rey. Gravaba con impuestos a los muertos. Y los suicidas perdían todos sus bienes. Como otros criminales.

Hoy día, en nuestra ciudad, este juez trabaja en colaboración con la oficina de la Jefatura Forense. Su nombre es Jeff Bright, y es muy amigo de Tom Rockwell.

Bright presentó un dictamen de Causa Indeterminada. El coronel Tom, según sé, presionó para que fuera Accidental. Pero se conformó con Indeterminada. Como todos nosotros.

Ya he dicho que nunca me sentí juzgada por Jennifer, ni siquiera cuando me encontraba indefensa frente a toda crítica. Y, en relación con esto que escribo, no siento necesidad alguna de juzgar a Jennifer Rockwell. En el suicidio, como en todos los grandes derrumbamientos, huidas, deserciones, rendiciones, se ha llegado a un punto en el que no hay otra salida.

Y siempre hay mucho sufrimiento. Pienso una y otra vez en aquellos días en que estuve recluida en casa de los Rockwell, apurando mi angustia entre las sábanas. Ella también tenía sus problemas. A los dieciocho años –más delgada, más desgarbada, con los ojos más abiertos–, también se sentía acosada. Ahora lo recuerdo. Era una de aquellas convulsiones del final de la adolescencia, bajo los ojos vigilantes de sus padres. Había un novio despechado, que no quería o no podía resignarse. Sí, y una amiga íntima (¿qué pasó..., algo de drogas?), una compañera de cuarto que se volvió loca. Jennifer daba un respingo cada vez que sonaba el teléfono o llamaban a la puerta. Pero, por triste o asustada que estuviera, en ningún momento dejó de leerme y de cuidarme.

No me juzgó. Y no la juzgo.

He aquí lo que sucedió: una mujer perdió la vida de forma súbita y violenta.

Sí. Y yo de eso sé mucho.

18 de marzo

En el entierro, pues, no hubo guardia de honor del cuerpo, no hubo veintiún disparos de homenaje, no hubo música de gaitas. Un par de sombreros blancos, algunos galones dorados y condecoraciones, y una ceremonia religiosa completa, con aquel pequeño individuo de vestidura gris cuyo discurso decía: Ahora nos toca a nosotros. Que sea confiada a nuestro cuidado, a este lugar... (verdes campos, una iglesia no muy lejos, con su aguja apuntando al cielo...). No, no era una ceremonia policial. Los polis éramos los menos. Allí estábamos de pie, con los ojos caídos y el compartido fracaso, rodeados de un ejército de civiles: era como si hubiera acudido todo el campus. Yo jamás había visto tantas caras jóvenes y guapas tan transfiguradas por el dolor. Trader estaba allí también, cerca del grupo familiar. Sus hermanos estaban al lado de los hermanos de Jennifer. Tom y Miriam, ante la fosa, seguían inmóviles, como tallados en madera.

Tierra, acoge al más extraño de los huéspedes.

En la Zona de Despedida me escabullí hacia los tejos para fumarme un pitillo y darme unos toques al maquillaje. La pena hace que el tabaco sepa mejor que nunca; mejor que el café, mejor que el alcohol, mejor que el sexo. Cuando me volví vi que se acercaba a mí Miriam Rockwell. Bajo el pañuelo de cabeza negro parecía una bella mendiga de las callejas de Casablanca o Jerusalén. Bella, pero rotundamente exigente, no dadivosa. Y entonces supe que su hija aún no había desaparecido de mi vida. En absoluto.

Nos abrazamos..., en parte por el calor, porque hasta el sol –cual bola de hielo amarillo que helara el cielo– te daba frío aquella mañana. Miriam, en mis brazos, parecía pesar menos físicamente, pero era obvio que no había menguado, que no se había encogido como el coronel Tom, que permanecía a cierta distancia de nosotras, esperando. El coronel Tom parecía no medir ni uno sesenta. Parecía menos trastornado, sin embargo. Más triste, más hundido, pero menos trastornado.

Miriam dijo:

–Mike, creo que es la primera vez que te veo las piernas.

Dije:

–Disfrútalas, pues. –Miramos hacia abajo, a mis piernas, enfundadas en medias negras. Y me pareció oportuno decir–: ¿De dónde sacó Jennifer las piernas? No de ti, amiga mía. Tú eres como yo.

Las piernas de Jennifer eran del tipo de las de los caballos de carreras. Las mías son como esas taladradoras que vemos en las carreteras en obras. Y las de Miriam no son mucho más bonitas.

–Yo solía decir: Dejemos que Jennifer se pregunte durante el resto de su vida de quién heredó su figura. Dejemos que trate de averiguarlo poco a poco. El tipo y la cara. ¿Las piernas? De Rhiannon. De la madre de Tom.

Se hizo un silencio. Que viví intensamente, con mi pitillo en la boca. Era mi momento de descanso.

–Mike. Mike, sabemos algo de Jennifer que queremos que sepas también. ¿Estás preparada para oírlo?

–Sí, estoy preparada.

—No has visto el informe de toxicología. Tom lo ha hecho desaparecer. Mike, Jennifer estaba tomando *litio*.

Litio... Digerí lo que había oído... Litio. En nuestra ciudad, en Ciudad Droga, los polis enseguida aprenden de farmacia. El litio es un metal ligero, con aplicaciones en lubricantes, aleaciones, reactivos químicos. Pero el carbonato de litio (una especie de sal, creo) se utiliza como estabilizador psíquico. Vemos, pues, de dónde viene esa muerte inesperada y violenta. Porque el litio se utiliza en lo que he oído describir (con exactitud y justicia) como el Mike Tyson de los trastornos mentales: el maníaco-depresivo.

Dije:

—¿Nunca supisteis que tuviera un problema de ésos?

—No.

—¿Habéis hablado con Trader?

—No se lo he dicho. A Trader le he hablado un poco por encima. Pero no. ¡No! ¿Jennifer? ¿Has conocido a alguien más equilibrada que ella?

Ya, pero la gente hace cosas sin que lo sepan los demás. La gente mata, oculta, se divorcia, se casa, cambia de sexo, se vuelve loca, pare... sin que la otra gente se entere. La gente tiene trillizos en el cuarto de baño sin que nadie se entere.

—Mike, es extraño, ¿sabes? No digo que así sea mejor. Pero con esto hemos doblado una especie de esquina.

—¿Y el coronel Tom?

—Ha *vuelto*. Pensé que lo habíamos perdido para siempre. Pero ha vuelto.

Miriam se volvió. Y allí estaba su marido: el pesado labio inferior, las marcadas ojeras. Como si él también estuviera «en litio» en aquel momento. Su ánimo se mantenía estabilizado. Miraba fija, obstinadamente, tratando de ver a través del aire cargado del universo.

—¿Entiendes, Mike? Estábamos buscando un porqué. Y supongo que hemos encontrado uno. Pero de pronto no tenemos un quién. ¿Quién era mi hija, Mike?

Aguardó en silencio.

—Respóndeme a eso, Mike. Hazlo. Si no lo haces tú, ¿quién va a hacerlo? ¿Henrik Overmars? ¿Tony Silvera? Tómate el tiempo necesario. Tom hará que te liberen temporalmente de tus obligaciones. Hazlo. Tienes que ser tú, Mike.

—¿Por qué?

—Porque eres una mujer.

Y dije que sí. Dije que sí. Sabiendo que lo que iba a encontrar no era ningún ketchup de Hollywood ni ningún otro camelo por el estilo, sino algo sobremanera sombrío. Sabiendo que ello me obligaría a ir más allá de mis límites personales y me haría pasar al otro lado. Sabiendo también —porque creo que ya lo sabía, incluso entonces— que la muerte de Jennifer Rockwell iba a brindar al planeta una insólita nueva: algo nunca visto antes.

Dije:

—¿Estás segura de querer una respuesta?

—Tom quiere una respuesta. Es policía. Y yo soy su esposa. No te preocupes, Mike. Eres una mujer. Pero con la dureza necesaria.

—Sí —dije, y bajé la cabeza.

Soy lo bastante dura. Y cada día menos orgullosa de serlo.

Volvió a darse la vuelta hacia la figura quieta de su marido, que la esperaba, y le dirigió un lento movimiento de cabeza. Y antes de que fuera a reunirse con él, y de que yo la siguiera con la cabeza aún baja, Miriam dijo:

—¿Quién diablos era mi hija, Mike?

Creo que todos tenemos esa imagen en la cabeza, y esos sonidos. Esas imágenes de película. Tom y Miriam las tienen.

Yo las tengo. En la sala de interrogatorios las he visto formarse al otro lado de los ojos de Trader... Esas imágenes de película que nos muestran la muerte de Jennifer Rockwell.

No se la ve a ella. Vemos la pared que hay detrás de su cabeza. Luego se oye la primera detonación, y se ve su pavorosa flor. Luego hay una especie de chasquido, luego un gemido y un estremecimiento. Luego un segundo disparo. Luego un chasquido, un resuello, un suspiro. Luego el tercer disparo.

A ella no la vemos.

Segunda parte

Suicida

LA AUTOPSIA PSICOLÓGICA

El suicidio es un tren nocturno, un tren que te lleva velozmente a la oscuridad. No podrías llegar tan rápido de otra forma, o por medios naturales. Compras el billete y subes a bordo. El billete te ha costado todo lo que tienes. Pero no hay trayecto de vuelta. Este tren te lleva al interior de la noche, y te deja en ella. Es el tren nocturno.

Ahora siento que hay alguien dentro de mí, como un intruso, alguien que esgrime una linterna. Jennifer Rockwell está dentro de mí, y trata de revelarme lo que yo no quiero ver.

El suicidio es un problema mental y físico que termina violentamente sin que gane nadie.

Tengo que hacer que esto vaya más lento. Tengo que hacer que vaya más lento.

Lo que hago aquí con mi bolígrafo, mi grabadora y mi ordenador es lo mismo que hacía Paulie No en la oficina del forense con sus abrazaderas, su sierra eléctrica y su bandeja de cuchillos. Sólo que a esto que hacemos nosotros lo llamamos autopsia psicológica.

Sé cómo hacerlo. Tengo mucha experiencia en este campo. Rememoremos un poco:

En cierta época –durante un tiempo muy breve, y sólo una vez a la cara– solían llamarme «Mike Suicidio». Luego lo juzgaron demasiado ofensivo, incluso para nuestro curtido medio urbano, y abandonaron tal apelativo. Ofensivo no para los pobres diablos a quienes se encontraba hundidos en el asiento de un coche, en algún garaje cerrado a cal y canto, o en una bañera teñida de carmesí. Ofensivo para mí: hacía referencia a que estaba lo bastante chiflada como para acudir a ocuparme de la muerte de cualquier paria. Porque los suicidios de nada te servían para tu tasa de casos resueltos o para las horas extraordinarias. En los turnos de noche sonaba el teléfono y O'Boye o Mac se ponía a hacer pucheros, con la mano tapando el micrófono, y me decía: *¿Qué tal si te encargas de esto, Mike? Es una m.s., y yo necesito pasta para la operación de mi madre.* Una muerte sospechosa, no el asesinato con el que ellos sueñan. Porque los pobres chicos, además, piensan que los suicidios son un insulto a sus brillantes dotes forenses. Lo que ellos quieren es un *asesino* como es debido. No ningún imbécil que un siglo atrás habría sido enterrado en un cruce de caminos, bajo un montón de piedras, con una estaca en el corazón. Luego, durante un tiempo –un tiempo breve, como he dicho– se limitaban a pasarme el teléfono y a decirme con semblante inexpresivo: *Para ti, Mike. Es un suicidio.* Y entonces yo les ponía verdes. Pero puede que no fueran tan descaminados. Puede que me conmoviera y me motivara más que a ellos ponerme de cuclillas bajo el puente, a la orilla del río, o estar de pie en el hueco de la escalera de alguna casa de pisos mientras una sombra giraba despacio sobre sí misma contra un muro, y pensar en aquellos que odiaban su propia vida hasta el punto de desafiar la terrible providencia de Dios.

Como parte de mi formación profesional, y al igual que

muchos de mis colegas, hice el curso «El suicidio: crudas conclusiones». Eso fue en Pete, y más tarde, ya en la ciudad, lo completé en el CC con la serie de conferencias «Patrones de suicidio». Me familiaricé con los gráficos y diagramas del suicidio, distribución de porcentajes, círculos concéntricos, códigos de color, flechas, fluctuaciones y escalas. Con mis rondas de Prevención del Suicidio, de nuevo en la Cuarenta y cuatro, y el centenar de suicidios en los que trabajé en Homicidios, llegué a conocer no sólo las secuelas físicas del suicidio sino el retratro robot del suicida antes de su muerte.

Y Jennifer no entra en esos esquemas. No da el tipo.

Es domingo por la mañana. Tengo las carpetas encima del sofá. Y reviso mis notas para ver lo que tengo:

* El riesgo de suicidio, en todas las culturas, se incrementa con la edad. Pero no uniformemente. La línea diagonal del gráfico parece tener una zona media un tanto plana, como un tramo de escaleras en el que hubiera un descansillo. Estadísticamente (valgan lo que valgan las estadísticas en nuestro medio), si uno se suicida a los veinte años lo hace en la zona baja del gráfico, y la incidencia sólo se incrementa al llegar a la edad mediana.

Jennifer tenía veintiocho años.

* Aproximadamente un 50 por ciento de los suicidas han intentado matarse antes. Son parasuicidas o seudosuicidas. Aproximadamente un 75 por ciento lo advierte con anterioridad. Aproximadamente un 90 por ciento tiene un historial de deserciones, de huidas.

Jennifer no lo había intentado nunca. Que yo sepa, no advirtió de nada a nadie. Y siempre llevaba a cabo aquello que empezaba.

* El suicidio es en extremo dependiente de los medios. Retira los medios a su alcance (el gas doméstico, por ejemplo) y cae en picado la tasa de suicidas.

Jennifer no necesitó el gas. Como muchos otros norteamericanos, tenía una pistola.

Éstas son mis notas. Pero ¿qué hay de las *suyas*, de las notas que dejan los suicidas? ¿Y del porcentaje de ellos que las dejan? Algunos estudios hablan de un 70 por ciento, otros de un 30. Muchas veces, según se acepta conmúnmente, las notas de suicidio las hacen desaparecer los propios deudos del suicida. Los suicidios, como ya hemos visto, son con frecuencia camuflados..., «emborronados», «blanqueados». Axioma: los suicidios generan datos falsos.

Jennifer, al parecer, no dejó ninguna nota de suicidio. Pero sé que escribió una. *Siento* que lo hizo.

Puede que se dé mucho en una familia, pero no se hereda. Es un patrón, o una configuración. No una predisposición. Si tu madre se mata, no te vendrá nada bien, te deja abierta una puerta...

He aquí otras cosas que «sí» y que «no» en el suicidio. O que «no», sencillamente:

No trabaje en cosas de la muerte. No trabaje en productos farmacéuticos.

No sea emigrante. No sea alemán, sobre todo recién llegado.

No sea rumano. No sea japonés.

No viva donde no haya sol.

No sea adolescente y homosexual: uno de cada tres lo intentará.

No sea nonagenario en Los Ángeles.

No sea alcohólico. El alcoholismo no es más que un suicidio a plazos.

No sea esquizofrénico. Desobedezca a esas voces que oye en su cabeza.

No se deprima. Anímese.

No sea Jennifer Rockwell.

Y no sea hombre. Sobre todo, sea lo que sea, no sea hombre. Tony Silvera hablaba con el culo, por supuesto, cuando decía que el suicidio era cosa de «féminas». El suicidio, por el contrario, es cosa de varones. *Intentarlo* es cosa de féminas. Las mujeres lo intentan el doble que los hombres. *Conseguirlo* es cosa de hombres: lo llevan a cabo con doble éxito que las mujeres. Sólo hay un día al año en que se está más a salvo siendo hombre: el Día de la Madre.

El Día de la Madre es el día de las *suicidas*. ¿Cuál es la razón?, me pregunto. ¿Es el desayuno-almuerzo («coma todo lo que le permita el cuerpo») en el Quality Inn? No. Las suicidas son las mujeres que se ahorraron esa comilona. Son las mujeres que se ahorraron tener niños.

No sea Jennifer Rockwell.

La pregunta es: ¿Por qué no?

ACICATES Y PRECIPITANTES

La primera persona con la que estoy deseando hablar es Hi Tulkinghorn, el médico de Jennifer. A lo largo de los años he tenido ocasión de toparme con este anciano un montón de veces en casa de los Rockwell (barbacoas, fiestas de Nochebuena, etc.). Y, como se recordará, el coronel Tom lo trajo a casa para que me atendiese cuando me estaba desintoxicando, cuando luchaba contra el delírium trémens en uno de los cuartos de los chicos del primer piso. Trance del que no me acuerdo demasiado, en cualquier caso. Menudo, calvo, de ojos limpios, Tulkinghorn es de ese tipo de médicos de edad provecta que, con los años, parece dirigir más y más su pericia médica hacia el interior de sí mismo (para mantener su propia persona en condiciones). El otro tipo de médico anciano está siempre borracho. O desintoxicándose. Cuando yo estaba en ese proceso, Jennifer solía venir a mi habitación por las tardes. Se sentaba en un rincón y me leía cosas. Me tocaba la frente y me daba agua.

Bien. El ocho de marzo, hace casi dos semanas, llamé a la consulta de Tulkinghorn. Y ¿qué les parece?: el viejo cabrón estaba en un *crucero-timba* en el Caribe. Así que hice que su secretaria le llamase y el viejo me llamó desde *The Straight Flush*.[1] Le puse al corriente de la situación y le conté que estaba investigando el caso. Me dijo que concertara una cita en el consultorio. Volví a llamar a su secretaria, y nos pusimos a hablar. Resultó que no era él quien jugaba al póquer, sino su mujer. Él se solazaba y se ponía moreno en una tumbona, mientras su mujer se encorvaba sobre la mesa de juego en el salón, jugándose las cejas con unas dobles parejas.

Hi Tulkinghorn tiene su consultorio en un gótico edificio de apartamentos cercano a Alton Park, en la Treinta y siete. Tomé asiento en el estrecho pasillo, como un paciente más, con un enfermo del oído a un lado y un enfermo de la garganta al otro. La ajada enfermera-secretaria, en su cubículo, hurgaba en sus papeles y atendía al teléfono: «Consultorio médico, dígame...» Tipos más jóvenes en batas blancas –con aire de internos– entraban y salían con carpetas de pinzas y viales. Montones y montones de carpetas y legajos en las paredes, del suelo al techo. ¿Qué eran? Amarillentos informes de

1. *Straight Flush:* Escalera de Color. *(N. del T.)*

biopsias, análisis de orina cubiertos de polvo... El señor Oído y el señor Garganta gruñeron hoscamente cuando la mujer me hizo pasar. Pasé de las sombras del pasillo al ámbito de sabor germánico del consultorio del doctor Tulkinghorn, con su obligado olor a colutorio.

Me gustaría poder decir que el bronceado de Hi Tulkinghorn le confería un aspecto de muerto «cálido». Pero se limitó a darse la vuelta con una alta dosis de autosuficiencia y a tomar asiento tras su mesa de despacho. Bien, tengo este recuerdo: cuando alucinaba en el pequeño cuarto de la casa del coronel Tom, y era visitada por visitantes –unos reales, otros irreales–, y me preguntaba cómo diablos iba a sobrevivir la media hora siguiente, a veces pensaba: Ya sé. Voy a follarme a alguno de estos fantasmas. Así se me pasará el rato. Pero no me apetecía follarme a Hi Tulkinghorn. Sabía demasiado de la muerte, y tenía tal saber sobriamente asimilado en sus ojos azules claros. Cuidado ahí: no digas Hi.[1]

–Doctor.

–Detective. Tome asiento.

–¿Qué tal el crucero? ¿Ganó dinero su esposa?

–Acabó más o menos a la par. Siento no haber podido asistir al entierro. Intenté coger un vuelo en Puerto España. He hablado con el coronel y con la señora Rockwell. Haré lo que esté en mi mano para ayudarles.

–Así que ya sabe por qué estoy aquí...

Guardamos silencio. Abrí mi cuaderno de notas y miré la página en cuestión. Me quedé súbitamente impresionada ante mis apuntes de la noche anterior. Decían: *Naturaleza del trastorno: ¿reactivo o no reactivo? ¿Afectivo o de ideación? ¿Psicológico u orgánico? ¿Del interior o del exterior?* Empecé:

1. *Hi:* «¡hola!», «¿qué tal?». Juego de palabras entre tal saludo y el nombre de pila de Tulkinghorn. (*N. del T.*)

Doctor Tulkinghorn, ¿qué clase de paciente era Jennifer Rockwell?

...Era..., no era ninguna paciente.

Perdón... ¿Cuál era su historial médico?

No tenía historial médico.

No le sigo.

Según puedo recordar, Jennifer no estuvo enferma ni un solo día de su vida. Salvo, claro, cuando era niña. Sus chequeos eran de pura broma.

¿Cuándo fue la última vez que la vio?

¿Verla aquí, en la consulta? Como hace un año.

¿Recibía cuidados de algún otro médico?

No estoy seguro de entenderle. Tenía un dentista, y un ginecólogo. El doctor Alington. Es amigo mío. Y dice lo que yo. Como individuo, Jennifer era algo poco menos que excepcional.

Entonces ¿por qué estaba tomando litio, doctor?

¿Litio? No estaba tomando litio, detective.

¿Ve esto? Es de Toxicología. ¿Tenía algún psiquiatra?

Ciertamente no. Me lo habrían comunicado... Ya sabe cómo funciona esto.

Cogió la fotocopia que le tendía y la examinó con indignación. Con callada indignación. Supe lo que estaba pensando. Estaba pensando: Si no lo consiguió de alguien de la profesión, ¿dónde lo consiguió? Y el pensamiento siguiente: Se puede conseguir lo que se quiera en esta ciudad, y fácilmente. A mí me iba a contar. Y no de cualquier granja en una esquina de mala muerte, sino de alguna sonriente escoria con bata de laboratorio. Los nombres de las drogas que puedes encontrar en la calle van desde los de una sílaba a los de veinticinco... Se hizo un silencio de unos segundos. Un silencio de esos sin duda tan frecuentes en su profesión. En los paritorios, al examinar los resultados de unas pruebas, a la luz de las pantallas de rayos X... Y entonces el doctor Tulkinghorn desistió en relación con Jennifer. Con el más leve de los encogimientos de hombros, la abandonó a su suerte.

Sí, bueno... Al menos aquí tiene un patrón, detective. Sí, se estaría medicando ella misma. Y eso es siempre ilusorio.

¿En qué sentido?

Algo así como una hipocondría mental. Los psicofármacos tienden a intensificarla. Y producen un efecto en espiral.

Dígame, doctor: ¿hasta qué punto se sorprendió usted al enterarse?

¿Hasta qué punto me sorprendí? Oh, claro, me sorprendió. Y me ponía enfermo al pensar en Tom y en Miriam. Pero a mi edad... Y con mi profesión. No estoy seguro de ser capaz de... asombrarme por algo.

Me entraron ganas de decirle: Ustedes los médicos se matan mucho, ¿no? Sí, claro que sí.. En ustedes la tasa de suicidios es tres veces más alta que en el común de los mortales. Los psiquiatras encabezan la lista, con una tasa seis veces más alta. Luego, en orden descendente, vienen los veterinarios, los farmacéuticos, los dentistas, los médicos rurales y los de medicina general.. Me pregunto cuál será la razón. Acaso su exposición al proceso natural de la muerte, la enfermedad, la decadencia. O la mera exposición al sufrimiento..., a menudo un sufrimiento estúpido. Y la disponibilidad de los medios. Los estudios hablan de «tensión del rol». Pero la policía también padece esa «tensión del rol». Y aunque somos proclives al suicidio, no somos en absoluto como esos jodidos kamikazes de la bata blanca. La hora de la jubilación nos pone a todos los polis en un serio riesgo, al parecer. Creo que tiene que ver con el poder. Con el ejercicio diario del poder, y lo que nos sucede cuando nos vemos despojados de él.

Levanté la vista de mis notas. Algo había cambiado en el punto de enfoque de Tulkinghorn. Me estaba observando. Yo había dejado de ser quien le estaba interrogando. Ahora no era sino la detective Mike Hoolihan. Alguien a quien conocía: poli y alcohólica. Y una paciente. Sus ojos acuosos me miraban con aprobación, pero una aprobación fría, una aprobación que no infundía ningún ánimo. Ni a mí ni a él mismo.

—Se ha mantenido en forma, detective.

—Sí, señor.

—No ha recaído en aquella insensatez.

—No, ni una vez.

—Estupendo. Usted también lo ha visto casi todo, ¿no es cierto?

—Casi. Sí, señor. Eso creo.

Cuando volví a casa saqué la lista que había confeccionado a mi vuelta del entierro. Viva, osadamente, le había puesto el encabezamiento «Acicates y Precipitantes». Pero lo que sigue me parece ahora tan vago como una lluvia:

1. ¿Otras personas de importancia? Trader. ¿Cosas que él no vio?
2. ¿Dinero?
3. ¿Trabajo?
4. ¿Salud física?
5. ¿Salud mental? Naturaleza del trastorno:
   a) ¿psicológico?
   b) ¿de ideación, orgánico?
   c) ¿metafísico?
6. ¿Un secreto *profundo?* ¿Un trauma? ¿La niñez?
7. *¿Otras* posibles personas de importancia?

Tacho la 4. Y eso me hace preguntarme qué es lo que quiero decir con la 5 *c)*. Y reflexiono sobre la 7. ¿Es el señor Siete su conexión con el litio?

Los escenarios donde ha tenido lugar una muerte son tan delicados como orquídeas. Como la propia química de la muerte, parecen íntimamente ligados al deterioro y la decadencia. Pero este escenario de muerte posee la eterna juventud. Aún conserva la cinta en la puerta. Prohibida la entrada. Pero yo entro.

La sangre de las paredes del dormitorio ahora parece negra, y se halla recubierta por una levísima pátina de óxido. En la parte superior de la salpicadura, cerca del techo, se agrupan unas minúsculas gotas que parecen renacuajos cuyas colas se alejaran del centro de la herida. Un pequeño trozo rectangular de la pared ha sido cortado y retirado por el equipo científico, justo en el centro de la base de la mancha, donde se hallaba el agujero de bala. Y luego está la fuerte salpicadura hacia abajo procedente de la toalla que Jennifer se había arrollado a la cabeza.

Pienso en Trader, y caigo en la cuenta de que estoy contemplando este escenario como un problema de decoración de interiores. Me entran ganas de sacar la fregona y ponerme a darle un lavado de cara al dormitorio. Cuando Trader vuelva, ¿será capaz de dormir en este cuarto? ¿Cuántas manos de pintura le parecerán suficientes? Sorprendentemente, creo que en Trader Faulkner estoy encontrando a un amigo. Poco menos de una semana después de que tratara por todos los medios de «empapelarlo», de hacer que lo condenaran a la inyección letal. Hablé con él en el velatorio, en casa de los Rockwell. Y es su llave la que tengo en la mano. Me ha dicho dónde tengo que buscar para encontrar las cosas.

Jennifer guardaba sus papeles personales en un arcón azul cerrado con llave que hay en la sala, y también tengo la llave.

Pero lo primero que hago es recorrer el apartamento pieza a pieza, para «sentir» un poco el ambiente: notas adhesivas en el espejo, sobre el teléfono, fichas imantadas del Scrabble pegadas a la puerta del frigorífico (leo: LECHE y FILTROS), un armario en el cuarto de baño con cosméticos y champús y unas cuantas medicinas. En el armario del dormitorio los suéters están apilados en fundas de polietileno. El cajón de su ropa interior es una galaxia... fulgurante de estrellas.

Solía decirse, no hace mucho tiempo, que todo suicidio proporcionaba a Satán un placer intenso. No creo que sea cierto..., a menos que también sea mentira que el Diablo sea un caballero. Si el Diablo es un tipo sin «clase» alguna, entonces vale, estoy de acuerdo: el suicidio le produce un gozo profundo. Porque el suicidio es un desastre. Como objeto de estudio, el suicidio es quizá el súmmum de la incoherencia. Y el acto mismo carece de hechura, de forma. El proyecto humano «implosiona», estalla hacia dentro..., avergonzado, pueril, convulso, gesticulante. Un caos. Pero miro a mi alrededor y lo que veo es orden. Tobe y yo somos dos desastrados, y cuando dos desastrados se juntan el desastre no se multiplica por dos, se eleva al cuadrado. Se eleva al cubo. Y este lugar, para mí, es una obra maestra de orden armónico: exquisito sin ser pretencioso, sin un ápice de rigidez. Las casas de los que se quitan la vida suelen tener un aire de fracaso, un aire lúgubre. Sus pertenencias abandonadas parecen decir: ¿no éramos lo bastante buenas para ti? ¿No éramos en absoluto satisfactorias? Pero el apartamento de Jennifer parece a la espera de que su dueña regrese..., de que entre por la puerta en cualquier momento. Y contra todo pronóstico empiezo a sentirme feliz. Después de semanas de un acerbo retortijón en las entrañas. Es un edificio aislado, e incluso después de media hora puedes percibir cómo el sol se desplaza en torno y hace que los ángulos de las sombras vayan cambiando. Trader y Jennifer tenían dos escritorios, dos mesas de trabajo en la misma sala, a menos de tres metros una de otra. Sobre la mesa de él hay una hoja mecanografiada en la que se leen cosas como ésta:

$$p(x) = a_0 + a_1 x + a_2 x^2 + a_3 x^3 + \ldots$$

En la mesa de ella hay una hoja mecanografiada en la que se leen cosas como ésta:

$$x = \frac{30}{10^{-21}} \, m = 3 \times 10^{22} \, m$$

Y piensas: ¿Ves?: él estaba en sintonía con ella; ella estaba en sintonía con él. Hablaban la misma lengua. El amor entre iguales, a tres metros de distancia: silencio, esfuerzo, causa común. ¿No es todo lo que podemos desear? Para él, una mujer en la misma sala; para ella, un hombre en la misma sala. A tres metros de distancia.

Abrí el baúl azul.

En su interior había nueve álbumes de fotos y nueve manojos de cartas atados con cintas (todas ellas de Trader). Era su historia, ilustrada y con notas. Y, por supuesto, ordenada. ¿Ordenada especialmente o más o menos ordenada? En los suicidios premeditados suele darse un intento a medias de «poner las cosas en orden»: de consumación. Un intento de consumación. Pero allí no percibía ese tipo de vibraciones, y colegí que aquel «santuario» de Trader seguía así, inalterado y vigente, desde el primer día de su relación. Lo saqué todo del baúl y me arrodillé con ello sobre la alfombra. Y empecé por el principio. La primera carta –o nota– de Trader está fechada en junio de 1986:

Querida señorita Rockwell:

Perdóneme pero no pude evitar fijarme en usted en la pista dos esta tarde. ¡Qué maravilloso partido disputó usted..., y qué revés airoso el suyo! Me pregunto si algún día podría persuadirla para que jugase conmigo al tenis, o me diese alguna clase. Yo era el patoso de pelo oscuro y piernas arqueadas de la pista uno.

Y prosigue de ese tenor («¡Ése sí que fue un partido de tenis!»), con pequeñas referencias a conferencias y almuerzos de cuando en cuando. Pronto el álbum va constituyéndose en secuencia de la historia. Están en una pista de tenis. Luego surgen complicaciones. Luego las complicaciones desaparecen. Luego, sexo. Luego, amor. Luego vacaciones: Jennifer en traje de esquiar, Jennifer en la playa... Dios, qué cuerpo: a los veinte años parecía una modelo de esos anuncios de cereales que saben de maravilla y que además te hacen cagar como es debido. Y Trader, bronceado, a su lado. Luego la licenciatura. Luego la cohabitación. Y las cartas manuscritas siguen llegando, las palabras siguen llegando, las palabras que una mujer desea oír. Trader era perfecto: nada de rápidos faxes (los faxes se marchitan en seis meses, como los amores hoy día). Nada de notas garabateadas y apoyadas sobre la tostadora, como las que me deja Tobe. Y las que me dejaban Deniss, Jon, Shawn, Duwain. COMPRA PAPEL HIGIÉNICO, POR EL AMOR DE DIOS. Eso no habría funcionado con Jennifer. Lo que ella recibía de vez en cuando era un jodido poema.

¿Complicaciones? Las complicaciones se esfumaron, y no volvieron. Pero no había duda de que existieron. Su contenido: la inestabilidad mental. No la de ella. No la de él. La de otra gente. Y tengo que decir que me sorprendió mucho, mucho ver mi nombre en tal apartado...

Me preparé para eso que últimamente llaman una *segue*.[1] Pero gran parte de ello ya lo sabía. Lo del pretendiente abandonado. Lo de la compañera de cuarto que se quedó «colgada». El problema se planteó al principio, cuando Trader empezó a ponerse serio. Tenemos al tipo atlético llamado Hume, que hubo de ser desalojado de la escena. El Gran Tipo del Campus no fue capaz de soportar la tensión. Así que lo que hizo fue obsequiar a Jennifer con el espectáculo de cómo se venía abajo. Etcétera. El segundo problema no estaba relacionado con el anterior ni con ninguna otra cosa del mundo exterior: una compañera de habitación de Jennifer llamada Phyllida se despierta una mañana con un humo negro saliéndole por las orejas... De pronto esta pequeña gilipollas se queda mirando con la boca abierta a la pared del cuarto de baño o sale y se pone a aullar a la luna. Jennifer no puede soportar seguir viviendo con ella y se larga, vuelve a casa de sus padres. Y ¿a quién se encuentra dejando maloliente el cuarto de su hermano y parloteándole a la almohada? A la detective Mike Hoolihan. «Santo Dios» escribe Trader que exclama Jennifer: «Estoy rodeada.»

Aquí me topo con la frustración de una correspondencia de «una sola dirección». El relato no aclara las cosas: lo que tenemos es una situación que ha cambiado. Hechos asombrosos se convierten lisa y llanamente en las Cosas Son Así. Sin embargo Trader dedica ahora un montón de tinta a la Jennifer que tiene al lado, y a cómo la va persuadiendo con paciencia de que abandone la idea de que no puede confiar en nada ni en nadie. La cordura, o al menos la lógica, vuelve. Y uno puede inferir el final de ambas historias:

1. *Segue:* Encadenamiento de hechos y sus secuelas. De la voz italiana *segue* (sigue) utilizada en las partituras para indicar que lo que sigue se ha de interpretar como el pasaje anterior. *(N. del T.)*

El novio, Hume, se retira de la circulación durante un tiempo, y consume algunas drogas. Pero es «readmitido», y acaba comportándose como un ser civilizado. Él y Jennifer incluso llegan a tener un almuerzo de avenencia.

Fuertemente sedada, Phyllida consigue licenciarse. Unos familiares la acogen en su casa. Las referencias a Phyllida son constantes durante un tiempo. Luego, poco a poco, cesan.

Y Mike Hoolihan se recupera. Se reseña en tono de aprobación que hasta alguien con un pasado como el mío puede llegar a enderezar su vida, siempre que cuente con el adecuado apoyo y comprensión.

Entretanto, cómo no, Trader y Jennifer contemplan cómo esas cargadas nubes pasan sobre su cabeza y acaban desdibujándose en un claro cielo azul.

Ahora las mesas y los archivadores y la eterna, inacabable broza derivada de la ciudadanía, de la existencia cotidiana. Facturas y documentos, escrituras, contratos de arrendamiento, impuestos... Oh, Dios, la tortura china de seguir vivo. Una muy *buena* razón para acabar con la propia vida. Al tener que enfrentarse a todo esto, ¿quién no desearía descansar y conciliar el sueño?

Dos horas arrodillada me brindan tan sólo dos moderadas sorpresas. La primera: Trader, amén de todo lo demás, es un hombre que dispone de medios económicos propios. Creo recordar que su padre fue un pez gordo durante el *boom* de la construcción en Alaska. Aquí veo, sin embargo, la modesta cartera de valores de Trader, sus bonos y coberturas, sus generosas donaciones a instituciones de caridad. La segunda: Jennifer nunca abría sus extractos de cuenta bancarios. Los torvos sobres de las comunicaciones del fisco descansan sobre la mesa abiertos, pero no había ni una comunicación bancaria abierta. Aquí están, todas cerradas, y se remontan hasta el pasado noviembre. Bien, enmiendo tal omisión de inmediato, y me encuentro con prudentes gastos y un bonito saldo en depósito. ¿Por qué no leía, pues, tales buenas nuevas? Y entonces caigo en la cuenta. Jennifer nunca abrió las cartas del banco porque no tenía que hacer nada en relación con ellas. Eran cartas que no necesitaban respuesta. Sí, señor, eso es disfrutar de una «saludable situación financiera». Eso es colocar la «pasta» en el lugar correcto.

Lo para mí más íntimo de todo lo he reservado para el final: su gastado bolso de piel, que está colgado del respaldo de una silla de la cocina. Es un respaldo como su hombro, erguido, recto, ancho, con una leve curvatura hacia dentro. Dios, *mi* bolso..., en el que me paso media vida hurgando, es como la masa de un vertedero que acabara de pasar por una de esas prensas que estrujan coches. No tengo ni idea de lo que sucede en su interior. Florecen allí ratones y hongos, entre parachoques y ruedas de recambio. Pero Jennifer, naturalmente, viajaba ligera de equipaje, y perfumada. Cepillo de pelo de cerdas, crema hidratante, brillo de labios, colirio, colorete. Pluma, monedero, llaves. Y una agenda. Y si lo que estoy buscando es el barrunto de un final, aquí lo voy a encontrar con creces.

Paso las páginas de la agenda. Jennifer no era de esas zascandiles que tienen montones de compromisos a lo largo de la jornada. Pero en los dos primeros meses del año tuvo bastante movimiento: citas, actividades programadas, fechas que debía recordar, expiración de plazos... Y luego, el dos de marzo, viernes, se acaba todo. No hay nada más para el resto del año, salvo lo siguiente: «23 de marzo: AD» Es decir, mañana. ¿Quién o qué es AD? ¿Anuncio?[1] *¿Anno Domini?* Yo qué sé... ¿Alan Dershowitz?

1. *Advertisement (ad):* anuncio. *(N. del T.)*

Antes de irme, mientras cierro el baúl, echo otro vistazo a la última carta de Trader. La encuentro entre las fotos y papeles sueltos pendientes de ser agrupados y ordenados, y está fechada el 17 de febrero de este año. En el matasellos se lee Filadelfia, donde Trader asistía a un congreso de dos días sobre «Las leyes mentales y físicas». Me resulta realmente embarazoso: consigo a duras penas forzarme a citar ciertos pasajes. «Ahora el amanecer de cada instante de mí mismo se halla iluminado por ti y por el pensamiento de mañana...»

«Te amo. Te echo de menos. Te amo.» No, Jennifer Rockwell no tenía problema alguno con su compañero sentimental. Es el hombre perfecto. Es todo lo que todas deseamos. Así que lo que se me ocurre es que Jennifer debía de tener algún problema con su *otro* amigo varón.

Una fotografía en una estantería. De la licenciatura: Jennifer y tres amigas con la toga de rigor, todas altas pero dobladas por la risa. Ríen tan desaforadamente que parecen mortificadas por algo. Y la pequeña «colgada», Phyllida, atrapada en el marco, encogida en una de sus esquinas.

Hay algo extraño en el apartamento. Me ha llevado un buen rato darme cuenta.

No hay televisor.

Y un pensamiento extraño, a la salida. De pronto me sorprendo pensando: ¡Es hija de un poli! Eso querrá decir algo. Tiene que tener su importancia.

Supongo que, como todo poli, soy una consumada y refinada cínica. Por una parte. Y, por otra, no juzgo. Los polis nunca juzgamos. Podemos perseguirte y detenerte. Podemos hacer que te enchironen. Pero no te juzgamos.

Recién llegado de la última matanza callejera, ese teutón bruto de Henrik Overmars escucha la aciaga historia de un borracho con lágrimas en los ojos. Y he visto a Oltan O'Boye darle el último billete de cinco dólares a un gilipollas quejumbroso que se encuentra en Paddy's, un tipo al que todos sus conocidos le han dado la espalda hace ya años. Y Keith Booker no puede pasar por delante de un pobre en una esquina sin deslizarle un dólar en la mano, y estrechársela luego. Yo soy igual. Los polis somos la gente más fácil de sablear.

¿Será porque somos brutales y sentimentales a un tiempo? No lo creo. No juzgamos a nadie. No te juzgamos, porque sea lo que sea lo que hayas hecho, ni siquiera se aproxima a lo peor. Eres un tipo estupendo. No te follas a un bebé y lo estrellas luego contra la pared. No cortas en trocitos a ningún octogenario sólo para divertirte. Eres estupendo. Hayas hecho lo que hayas hecho, sabemos todas las cosas que *podrías* haber hecho y no has hecho.

Dicho de otro modo: en lo tocante a la conducta humana, nuestro rasero es inusitadamente bajo.

Pese a lo que acabo de decir, aquella noche iba a sufrir un verdadero shock. Me sentí como muy raras veces me siento: escandalizada. Sentí una sacudida por todo el cuerpo. Ni color con uno de esos sofocos propios de la edad. Prácticamente pasé de golpe la menopausia.

Estoy en mi apartamento, preparando la cena para Tobe y para mí. Suena el teléfono y una voz masculina dice:

–¿Oiga? ¿Puedo hablar con Jennifer Rockwell, por favor?

Y yo, imitando el sonsonete de una recepcionista, digo:

–¿De parte de quién?

–Arnold. Soy Arn.

–Un momento.

Estoy allí de pie, en el calor de la cocina, toda tensa. Y me digo a mí misma: Sigue haciendo lo que estás haciendo: mantén ese tono agudo; has de *sonar* como una mujer.

–Bueno..., hola de nuevo..., la verdad es que Jennifer está fuera de la ciudad esta noche, y me estoy ocupando de los recados que le dejan. Tengo aquí su agenda. Dime, ¿habíais quedado en veros mañana a alguna hora?

–Eso es lo que quería.

–Vamos a ver. ¿Arnold qué...? ¿Empieza por D?

–Debs. Arn Debs.

–Eso es. Sí, lo que necesita saber Jennifer es dónde y a qué hora...

–¿Estaría bien a eso de las ocho? ¿Aquí en el Mallard? ¿En la sala Decoy?

–Estupendo.

Luego, en la cena, apenas abro la boca. Y cuando apagamos la luz, va Tobe y me solicita... En Tobe no es nada impulsivo. Es un quehacer administrativo ineludible. Como en las películas del Rey Arturo..., el caballero ha de encaramarse a su montura. Pero todo es muy suave, todo es muy tierno y delicado, como yo ahora necesito que lo sea. Ahora soy una persona sobria. Antes me gustaba con rudeza. O creía que me gustaba. Pero hoy odio sólo pensarlo. Se acabó lo de la rudeza, me digo. Se acabó lo de la rudeza.

El tren nocturno me despierta a eso de las cuatro menos cuarto. Me quedo quieta en la cama durante un rato con los ojos abiertos. No hay manera de volverme a dormir, así que me levanto y hago café y me siento y me pongo a estudiar mis notas

Estoy molesta. Estoy molesta en general, pero también estoy furiosa por algo personal. A saber: los comentarios y descripciones que he visto en las cartas de Trader. ¿Por qué? No eran crueles, sino todo lo contrario. Y admito que debí de ofrecer un espectáculo patético en aquel entonces: pasar todo aquel calvario tras las cortinas echadas. ¿Qué es lo que me preocupa tanto entonces? ¿Mi intimidad? Oh, seguro... A medida que voy adentrándome en las notas voy comprendiendo mejor las cosas. Y la *intimidad* es algo que los polis se pasan la vida saltándosela a la torera, pisoteándola. Pronto perdemos totalmente el concepto de ella. ¿Intimidad? ¿Qué es eso? No, lo que me está molestando, creo, es lo de mi niñez. Como si, dada mi infancia, no fuera de extrañar lo que vino luego.

He aquí dos cosas relacionadas con lo que digo y que conviene reseñar:

La primera es la razón por la que quiero al coronel Tom. No la razón exacta, sino el momento en que me di cuenta de que le quería. Había un asesinato en la Noventa y nueve que alcanzó gran resonancia. Un bebé muerto en una nevera de *picnic*. Se hablaba de guerra de drogas y de revueltas raciales. Los medios de comunicación se ocuparon exhaustivamente del caso. Yo pasaba por su despacho y le oí hablando por teléfono. El teniente Rockwell –su rango entonces– hablaba con el alcalde. Y le oí decir, en tono rotundo y pausado: *No se preocupe: mi Mike Hoolihan va a ocuparse del asunto.* Le había oído emplear esa expresión otras veces. *Mi* Keith Booker. *Mi* Oltan O'Boye. Pero fue la manera de decirlo. «Mi Mike Hoolihan va a ocuparse del asunto.» Me metí en los lavabos y me puse a dar gritos. Y luego me ocupé del asunto y resolví el caso.

La segunda cosa es la siguiente: mi padre abusaba de mí cuando era niña. En Moon Park. Sí, me follaba, ¿estamos? La cosa empezó cuando tenía siete años, y acabó a los diez. Tomé una determinación: cuando cumpliera diez años ya no me iba a suceder más. Y para asegurarme de que así fuera me dejé crecer las uñas de la mano derecha. Y me las afilé, además; y me las endurecí con vinagre. Crecidas, afiladas, endurecidas: tal era mi determinación. A la mañana siguiente de mi décimo cumpleaños, mi padre vino a mi cuarto. Y casi le arranqué la puta cara de cuajo. Eso es lo que hice. Me quedé casi con su jodida cara en la mano, como si fuera una máscara de Halloween.[1] La tenía prendida por la sien, justo encima de un ojo, y tuve la sensación de que si tiraba de ella y la desgarraba iba a poder ver al fin quién era en realidad mi padre. Y entonces se despertó mi madre. Los Hoolihan nunca habíamos sido un modelo de familia. Y a mediodía de aquel mismo día dejamos de existir como familia.

Soy lo que suelen llamar una «educada por el estado». Viví en algunas familias de acogida, es cierto, pero básicamente fui educada por el estado. De niña siempre intenté amar al estado como se ama a un padre, y lo intenté con todas mis fuerzas. Luego nunca he querido tener hijos. Lo que siempre he querido es tener un padre. Así que ¿qué posición pasaré a ocupar yo ahora que el coronel se ha quedado sin su hija?

A la mañana siguiente, a las ocho menos cuarto, llamé al departamento. Johnny Mac: Mister Látigo en los turnos de noche, mister deshecho ahora por la mañana. Le pedí que Silvera o cualquier otro se ocupara de investigar al tal Arnold Debs en los ficheros informáticos.

Di un repaso a mi lista: Acicates y Precipitantes. A ver lo que sacaba en limpio. Taché la 2 (¿Dinero?). Y taché la 6 (¿Secreto profundo? ¿Trauma? ¿Niñez?). No me quedaba gran cosa.

Y en el curso del día indago la 3 (¿Trabajo?). Y esta noche me ocuparé del señor Siete.

---

1. *Halloween:* víspera del Día de Todos los Santos. *(N. del T.)*

Jennifer Rockwell, para decirlo todo de una vez, trabajaba en el Departamento de Magnetismo Terrestre del Instituto de Cuestiones Físicas. El Instituto se halla situado al norte del campus, en las colinas al pie de Mount Lee, donde se alza el viejo observatorio. Lo que hay que hacer para llegar al Instituto es lo siguiente: tomar la MIE que rodea la CSU e ir bordeando Lawnwood. Y pasarte veinte minutos varado en el atasco de Sutton Bay. Los embotellamientos de Sutton Bay: otra excelente razón para volarte la tapa de los sesos.

Luego aparcas y caminas hacia un grupo de edificios bajos rodeados de boscaje, y lo que te esperas es que te salga al paso un guardabosques o un *boyscout* o una ardilla listada. Por ahí viene Chip. Por ahí viene Dale. Por ahí llega el Pájaro Loco con una gorra de béisbol del revés. El Departamento de Magnetismo Terrestre tiene la siguiente leyenda en el frontispicio del vestíbulo: ET GRITIS SICUT DEI SCIENTES BONUM ET MALUM. Consigo que un jovencito que pasa por allí me lo traduzca: *Y seréis como dioses, pues conoceréis el bien y el mal*. Es del Génesis, ¿no? ¿No es lo que dice la Serpiente? Cuando he tenido que venir al campus de la CSU –por alguna conferencia de Criminología, una gestión informativa, el suicidio de un estudiante en época de exámenes–, siempre he sentido lo mismo. Siempre he pensado: Es horrible no ser joven, pero al menos no tienes que presentarte a ningún examen mañana por la mañana. Otra cosa que noto en el Instituto de Cuestiones Físicas es que alguien ha trastocado las leyes de la atracción entre los sexos. La «química» sexual es una cuestión física de la que ya ningún estudiante se preocupa. En mis tiempos de la Academia de Policía, las tías no eran más que tetas y culos y los tíos pollas y bíceps. Ahora el colectivo de estudiantes es un cuerpo sin cuerpo. Ahora no es más que un suéter muy holgado, enorme, asexuado.

En el pasillo de la entrada soy identificada y recibida por el jefe del departamento de Jennifer. Su nombre es Bax Denziger, un investigador con mucho prestigio en su disciplina. Y un tipo muy grande: no una mole apisonadora como Tobe, sino un tipo con aire de oso, barbado, de mirada fulgurante, un tanto baboso..., y puedes apostarte lo que quieras a que la piel de la espalda la tiene de un grosor de varios centímetros. Sí, uno de esos tipos que son en esencia todo pelo. El pequeño espacio libre alrededor de la nariz es el único claro en su tupida foresta. Me hace pasar a su despacho, donde me siento rodeada de inmensas cantidades de información, toda ella disponible, «invocable», al alcance de la mano. Me ofrece un café. Me imagino pidiéndole permiso para fumar, e imagino la manera en que me diría no: con una flema pasmosa. Le repito que estoy realizando una investigación informal en torno a la muerte de Jennifer, auspiciada por el coronel Rockwell y su esposa. Todo será *off the record*, por supuesto, pero ¿le importaría que utilizara una grabadora? ¿No? Mueve una mano en el aire.

Bax Denziger, dicho sea de paso, es un personaje famoso: sale en la tele. Sé cosas de él. Tiene un avión de dos hélices gemelas y una casa en Aspen. Es esquiador y montañero. En un tiempo levantaba pesas para el estado. Y no me refiero a que lo hiciera en la cárcel. Hace tres o cuatro años estuvo al frente de una serie en el Canal 13 titulada *La evolución del universo*. Y aparecía en los programas informativos y de divulgación siempre que el tema tenía algo que ver con su disciplina. Bax es un experto «comunicador» que habla en parrafadas, como delante de una cámara. Y así es en gran medida como voy a consignarlo aquí. El lenguaje técnico será bastante ajustado, espero, ya que he hecho que Tobe coteje la terminología en su ordenador.

Empecé preguntándole lo que hacía Jennifer en el curso de su jornada laboral. ¿Podría describirme su trabajo?

Por supuesto. En un departamento como el nuestro existen tres tipos de personas. Las que llevan batas blancas y se ocupan de los laboratorios y los ordenadores. Las personas como Jennifer –gente con un doctorado, quizá adjuntos a cátedra–, que mandan al personal de bata blanca. Y las personas como un servidor de usted. Yo mando a todo el mundo. Diariamente nos llega una tonelada de información que ha de ser examinada y procesada. Que ha de ser *reducida*. Ése era el trabajo de Jennifer. También trabajaba en algunas líneas de investigación propias. El otoño pasado estuvo trabajando en la velocidad gravitatoria de Virgo en la Vía Láctea.

Le pregunto: ¿Podría ser más concreto?

Estoy siendo concreto. Quizá debería ser más general. Como todo el personal del departamento, Jennifer trabajaba en cuestiones relacionadas con la edad del universo. Un campo extremadamente polémico y competitivo. Un campo en el que existe una rivalidad implacable. Estudiamos el ritmo de expansión del universo, el ritmo de desaceleración de esa expansión, y el parámetro de la masa-densidad total. Para abreviar, y respectivamente: la constante de Hubble, el q-nada y la materia oscura. Nos estamos preguntando si el universo es abierto o cerrado... La miro, detective, y estoy viendo una residente del universo perceptible. Seguro que no le interesan demasiado estos temas.

Digo: Bueno, no mucho. Puedo pasarme sin ellos. Pero continúe, por favor.

Lo que vemos en el cielo, las estrellas, las galaxias, los cúmulos y supercúmulos de galaxias, no son más que la punta del iceberg. La capa de nieve de la montaña. El noventa por ciento del universo, como mínimo, es materia oscura, y no sabemos lo que es la materia oscura. Ni qué sentido tiene. Si la masa-densidad total está por debajo de determinado punto crítico, el universo seguirá expandiéndose eternamente. Los cielos seguirán quedándose cada vez más vacíos. Si la masa-densidad total está por encima de determinado punto crítico, la gravedad acabará por prevalecer sobre la expansión, y el universo empezará a contraerse. Del *big bang* al *big crunch*.[1] Luego, quién sabe..., otro *big bang*. Y así sucesivamente. Lo que se ha dado en llamar «el latido de ochenta mil millones de años». Intento darle una idea del tipo de cosas sobre las que reflexionaba Jennifer.

Le pregunto si Jennifer solía subir mucho al telescopio. Me sonríe con indulgencia.

Burbujas, burbujas, Hoyle y Hubble. Allan Sandage necesita una venda.[2] Ah, la jaula a medianoche, con la petaca de licor, la trenca, el culo duro y la vesícula de acero. ¡La *visión*!

1. Literalmente, de la *gran explosión* al *gran crujido*. *(N. del T.)*
2. Juegos de aliteración y de rima con los nombres de los astrónomos Fred Hoyle, Edwin Hubble y Allan Sandage. *(N. del T.)*

Disculpe. ¿La... qué?

La *visión*. En realidad es una palabra que aún utilizamos. La calidad de la imagen. Depende de la claridad del cielo. La verdad, detective, es que ya no hacemos demasiada *visión* hoy día. Hoy todos son píxeles y fibras ópticas y CCDs.[1] Nos vemos abocados al final de todo aquello, con los ordenadores y demás...

Le hago la pregunta más simple. Le pregunto si Jennifer era feliz en su trabajo.

¡Por supuesto! Jennifer Rockwell nos infundía aliento a todos. Tenía un ánimo fantástico. Era tenaz, fuerte, íntegra. Sobre todo fuerte. Su intelecto era fuerte en todos los aspectos. Las mujeres... Déjeme que lo diga de otra forma. Quizá no al nivel del Nobel, pero la cosmología es un campo en el que las mujeres han hecho contribuciones harto válidas. Jennifer tenía posibilidades razonables de aportar algo en ese campo.

Le pregunto si había en ella un lado poco ortodoxo, un lado místico. Digo: Ustedes son científicos, pero entre ustedes hay quienes acaban profesando alguna religión, ¿no es cierto?

Algo hay de cierto en eso. Conocer la mente de Dios y esas cosas. Uno se siente ciertamente afectado por la increíble grandeza y complejidad de la creación revelada. Pero no pierda de vista el hecho de que lo que investigamos es la *realidad*. Las cosas objeto de nuestro estudio son sobremanera extrañas y distantes, pero tan reales como el suelo

1. *Charged-couple devices:* aparatos de detección electrónica utilizados en astronomía. *(N. del T.)*

que pisamos. El universo es *todo* lo que se supone encarnan las diferentes religiones, y aun mucho más, y misterioso, bello, terrorífico... Pero el universo es *el tema,* es de lo que se trata. Aunque bien es verdad que entre los científicos hay quienes se precian de decir: «No se trata más que de un problema físico. Eso es todo.» Pero Jennifer era más romántica que todo eso. Poseía mucha más grandeza que todo eso.

Romántica ¿en qué sentido?

No se sentía en absoluto marginada, como quizá algunos de nosotros. Sentía que la nuestra era una actividad humana de primera importancia. Y que su trabajo era..., «para bien de todos». Y lo sentía de forma muy intensa.

Disculpe. ¿El estudio de las estrellas es «para bien de todos»?

Verá. Voy a hablarle con cierta libertad y optimismo a este respecto. ¿De acuerdo? Resulta razonable afirmar, en sentido amplio, que el Renacimiento y la Ilustración se nutrieron en parte de los descubrimientos de Copérnico y Galileo. Y de Brahe y Kepler y otros. Se podría pensar que resultó desolador descubrir que la tierra no era sino un satélite del sol, y que habíamos perdido el lugar central en el universo. Pero no fue así. Todo lo contrario. Resultó vigorizante, alentador, liberador. Era fantástico saberse en posesión de una verdad hurtada a todos y cada uno de quienes les precedieron en el tiempo. No actuamos en consonancia con lo que sabemos, pero actualmente nos hallamos en el umbral de un cambio de paradigma semejante. O de una serie de esos cambios. El universo ha seguido siendo del tamaño de la sala de estar de uno hasta la entrada en escena de los grandes telescopios. Ahora tenemos una idea de lo realmente frágil y aislado de nuestra situación, y yo creo, como Jennifer, que cuando todo esto –toda esta información inexistente hace tan sólo sesenta o setenta años— se instale en nuestra conciencia, tendremos una visión muy diferente de nuestro lugar y papel en el universo. Y toda esta lucha incesante, toda esta competición desaforada, toda esta lucha despiadada entre humanos se verá reducida a su verdadera y vana dimensión. La revolución está al llegar, detective. Y es una revolución de la conciencia. Y Jennifer creía en ello.

Y usted se la estaba follando, ¿no, profesor? Y no estaba dispuesto a dejar a la parienta, ¿no?

No le dije esto último, claro está. Aunque me entraron ganas de hacerlo, la verdad. Si algo sabía ya de Bax Denziger era lo siguiente: era un tipo de *una* mujer y doce hijos. De ese tipo de persona. Y sin embargo, pese a su desenfado y brillantez en la tele, pese a su entusiasmo y facundia, ahora apreciaba en él cierto desasosiego, cierta reserva..., ciertos escrúpulos. Había algo que quería y no quería revelar. Y yo también me sentía incómoda. Estaba teniendo que confrontar su universo con el mío. Me veía forzada a ello, porque Jennifer los había «conectado». Y ¿qué decir de mi universo, también real, también presente, también *el tema* en cuestión, con todas sus pasiones primarias? A aquel científico mi jornada cotidiana debía de parecerle una especie de serial psicótico..., lleno de frenética actividad superficial. Jennifer Rockwell había pasado de un mundo a otro, de la creación revelada a la oscuridad de su dormitorio. Seguí adelante, confiando en que ambos –él y yo– fuéramos capaces de encontrar las palabras necesarias.

Profesor, ¿se sorprendió usted al enterarse?
Me quedé consternado. Todos aquí nos quedamos consternados. Seguimos estándolo. Consternados y destrozados. Pregunte por aquí. A las señoras de la limpieza. Al per-

sonal más cualificado. Que alguien tan..., que una persona tan «luminosa» como ella decidiera quitarse la vida. No puedo hacerme a la idea. No puedo, de verdad.

¿Alguna vez tuvo alguna depresión, que usted sepa? ¿La vio cambiar de humor? ¿Encerrarse en sí misma?

No, estaba siempre alegre. A veces se sentía frustrada. A todos nos pasa. Porque nosotros... estamos siempre al borde del clímax. Sabemos mucho. Pero en nuestro saber hay lagunas más hondas que el Vacío de Bootes.

¿Qué es eso?

Es la mayor cantidad de nada que en su vida podría usted imaginar. Una cavidad de una hondura de 300 millones de años luz. Donde no hay nada. La verdad, detective, es que los seres humanos no estamos lo bastante evolucionados para llegar a entender el lugar en que habitamos. Somos todos retrasados mentales. Einstein era un retrasado. Yo soy un retrasado. Vivimos en un planeta de retrasados mentales.

¿Jennifer decía eso?

Sí, pero también pensaba que tenía su grandeza. El golpearte y golpearte la cabeza contra la tapa.

Y hablaba de la muerte, ¿verdad? ¿Le hablaba Jennifer de la muerte, profesor?

No. Sí. Bueno, no a menudo. Pero en una ocasión sí hablamos de la muerte. Hace muy poco. No se me ha ido de la cabeza. No he dejado de darle vueltas. Como usted. No estoy muy seguro de que el pensamiento fuera suyo, original. Pero lo expresaba de forma... memorable. Newton, Isaac Newton, solía mirar fijamente el sol. Se quedaba ciego durante días, semanas, mirando fijamente el sol. Tratando de imaginar cómo sería el sol. Jennifer..., estaba ahí mismo, sentada donde usted. Y citó un aforismo. De un francés. Un duque. Que decía algo así: «Nadie puede mirar fijamente el sol o la muerte sin..., sin protegerse los ojos.» Y lo interesante es lo siguiente. ¿Sabe quién es Stephen Hawking, detective?

Es ese... tipo de la silla de ruedas. Que habla como un robot.

Y ¿sabe lo que es un agujero negro, detective? Sí, supongo que todos nos hacemos una idea. Jennifer me preguntó: ¿Por qué fue Hawking quien descifró el enigma de los agujeros negros? Bueno, en los años sesenta *todo el mundo* se partía el pecho por descubrir algo sobre los agujeros negros. Pero fue Stephen Hawking quien aventuró algunas respuestas. Y Jennifer me preguntó: ¿Por qué él? Y yo le di la respuesta de rigor del físico: Porque es el más inteligente de todos ellos. Pero Jennifer quiso que considerase una explicación más... romántica. Dijo: Hawking entendió los agujeros negros porque podía *mirarlos fijamente*. Los agujeros negros significan olvido. Significan muerte. Y Hawking lleva mirando fijamente la muerte toda su vida adulta. Hawking es capaz de *ver*.

Bien, yo me dije: Lo que me acaba de contar *no es* lo que... Y entonces Denziger miró su reloj con aire de irritación o de inquietud. Y dije rápidamente:

—La revolución de la que hablaba antes... La de la conciencia. ¿Producirá bajas?

Oí que se abría la puerta. Giré la cabeza y vi a una mujer en chándal negro en el umbral, diciéndole por señas que le llamaban por teléfono. Cuando me volví de nuevo hacia él, Denziger seguía mirándome. Y dijo:

—Supongo que no tendría por qué ser necesariamente incruenta. Perdone, pero tengo que hablar con Hawai.

—Muy bien. No tengo prisa. Voy a fumarme un cigarrillo

ahí fuera, en las escaleras. ¿Luego tendrá un momento para acompañarme hasta el coche?

Alargué la mano hasta la grabadora y apreté el botón de Pausa.

Con los brazos cruzados para darme calor y estimularme el pensamiento, permanecí en las escalinata contemplando aquella calidad de vida. Era la vida de Jennifer. La vida de Jennifer... La fauna de principios de la primavera: pájaros, ardillas, hasta conejos. Y los agitados físicos..., pequeños seres anodinos, memos, ratas de la ciencia... Un cielo blanco que daba paso a píxeles de azul, y que contenía el sol y la luna, de los cuales Jennifer lo sabía todo... Sí, y Trader, al otro lado de la colina verde. Sí, yo también podría habituarme a todo aquello.

El universo perceptible a simple vista. La *visión*. El latido de ochenta mil millones de años. La noche en que murió, el cielo estaba tan claro, la *visión* era tan nítida... Pero el ojo desnudo no basta y necesita ayuda... En la noche del cuatro de marzo, en su cuarto, Jennifer Rockwell llevó a cabo un experimento con el tiempo. Tomó cincuenta años y los comprimió hasta convertirlos en unos pocos segundos. En momentos de crisis extremas, el tiempo se hace más lento: las sustancias químicas de la calma fluyen desde cerebro al resto del cuerpo, a fin de facilitar el tránsito hacia «el otro lado». Cuán lento debió de pasar el tiempo en aquel trance. Debió de sentirlo físicamente. Jennifer debió de sentirlo..., debió de sentir el latido de ochenta mil millones de años.

Aquí y allá se ven algunos estudiantes. No, yo no tengo que pasar ningún examen mañana por la mañana. Se acabó el que me examinen. Pero, entonces, ¿por qué me siento como me siento? ¿Me está «examinando» Jennifer? ¿Es eso lo que está haciendo? ¿Poniéndome a prueba? Esa cosa terrible que hay en mí se está haciendo más y más fuerte. Lo juro por Dios: casi me siento embarazada. Esa cosa terrible que hay en mí está viva y pujante, y se hace más y más fuerte.

Parpadeando con toda la frente, Bax Denziger sale desmañadamente hacia la luz. Me hace una seña con la mano, se acerca. Caminamos a la par. Y sin el menor preámbulo dice:

—Anoche soñé con usted.

Alcancé a decir:

—¿Sí, eh?

—Soñé con todo esto. Y ¿sabe lo que le dije? Le dije: «Deténgame.»

—Y ¿por qué me dijo eso, Bax?

—Escuche. La semana antes de su muerte, por primera vez en la vida, Jennifer la jodió bien jodida. Metió la pata en el trabajo. Gravemente.

Aguardé.

Suspiró y dijo:

—Le había encargado comprobar la validez de ciertas distancias del M101.[1] Princeton nos estaba dando en las narices de mala manera. Nos estaba zurrando de lo lindo. Se lo explicaré de la manera más sencilla posible. La exploración por escáner de la densidad de placa da un montón de números, millones, que se meten en el ordenador para cotejarlos con los algoritmos y evaluarlos. Los...

Un momento, dije. Cuanto más me habla menos entiendo. Vayamos al resultado.

—Jennifer cambió..., cambió el programa. Examino los cálculos el lunes por la mañana y me digo: «Bueno.» Había estado *rezando* para obtener unos datos la mitad de contundentes. Vuelvo a estudiarlos y me doy cuenta de que son pura basura.

_____

1. Cúmulo de galaxias. *(N. del T.)*

Las velocidades, las metalicidades..., todo. Jennifer había cambiado todos los valores. Y echado por tierra todo un mes de trabajo. Me había dejado en pelotas ante Princeton. En pelota picada.

—Y no era un accidente, está diciendo. No era una equivocación de buena fe.

—No. Era un error con *malicia*. Y le diré lo siguiente. Cuando Miriam me llamó por teléfono para contármelo, mi primera reacción fue de alivio. Así no tendría que matarla en cuanto la viera. Y luego, acto seguido, me sentí culpable, terriblemente culpable. Mike, esto me está resultando un verdadero tormento. ¿Soy así de brutal? ¿Tanto miedo a mi cólera tenía Jennifer?

Estábamos ya en el aparcamiento, y rodeábamos mi coche. Me había sacado las llaves del bolsillo del pantalón. Y vi en Denziger algo extraño: como si en aquel preciso instante le estuviera sobreviniendo en carne propia una operación matemática. Parecía *restado*. Como si gran parte de su fuerza vital —y de su coeficiente de inteligencia— le hubiera de pronto abandonado.

—No es más que un elemento más. En un patrón de fuga —dije, con intención de consolarlo con algo que sonara a técnico—. ¿Conoce a Trader?

—Sí, claro que le conozco. Trader es amigo mío.

—¿Le ha contado la pifia de Jennifer?

—¿La pifia? No, aún no. Pero deje que le diga una cosa acerca de Trader Faulkner. Va a sobrevivir a esto. Le llevará años, pero sobrevivirá a esto. Por lo que tengo oído es..., bueno, Tom Rockwell el que lo está pasando francamente mal. Trader es fuerte como un toro, y además es un filósofo de la ciencia. Vive con preguntas sin respuesta. Y Tom va a querer una respuesta clara. Algo que...

—Que esté a la altura de las circunstancias.

–A la altura de las circunstancias. –Me montaba ya en el coche cuando frunció el frondoso ceño y dijo–: Una buena *broma* la que me gastó Jennifer... Me sigo metiendo en esas pendencias científicas porque mis predilecciones son muy, muy fuertes. Ella siempre decía que me tomaba el universo demasiado personalmente.

Tom va a querer algo «que esté a la altura de las circunstancias». Y me asaltó de nuevo el pensamiento: Jennifer era hija de un poli. Y eso tenía que tener su importancia. ¿Cuál?

¿HA QUEDADO AQUÍ CON JENNIFER ROCKWELL?

El Mallard es el mejor hotel de la ciudad, o al menos eso creen sus propietarios. Yo conozco bien el Mallard, porque siempre he sentido debilidad (¿qué diablos *fallará* en mí?) por los cócteles de veinte dólares. Y por los de un cuarto de dólar. Pero nunca me ha dolido este exceso: vale la pena por el ambiente. Un Johnny Black doble en un marco elegante, con un soplapollas de aire somnoliento en esmoquin blanco encorvado sobre un piano de media cola: tal era mi idea de la diversión. Afortunadamente, nunca vine aquí borracha como una cuba. Para las farras de dos días me quedo con York's o el Dreeley's de Division. Me quedo con la larga hilera de antros de Battery. El Mallard es esa mansión de piedra de Orchard Square. Dentro todo son paneles de madera y media luz de sociedad anónima. Ha sido reformado recientemente. Todo un monumento *high-tech* al Reino Unido. Y, miraras donde miraras, jodidos patos por todas partes.[1] Grabados, figuras, señuelos de todas clases... Esas pequeñas tallas de cuacuás, sin

1. *Mallard:* «lavanco», «pato salvaje». (N. del T.)

valor alguno aparte de su rareza, se venden por decenas de miles de dólares. Llegué pronto, equipada con la información sobre Arn Debs que me había proporcionado Silvera. Me senté en una mesa y pedí un Virgen María bien sazonado de especias.

Arn Debs está suscrito al *Business Weekly*, al *Time* y al *Playboy*. Como es lógico, todavía me pregunto por qué le daría Jennifer mi teléfono. Arn Debs conduce un Trans Am y lleva una Mastercard con un límite de 7.000 dólares. De momento he de suponer que Jennifer le dio mi teléfono para que le hiciera de tapadera, o de enlace, lo que supongo que habría hecho sin poner demasiados peros. Creo que, en principio, estaría dispuesta a hacerlo por cualquier mujer que me lo pidiera. Con una excepción: la madre de Jennifer. Nadie parece preocuparse demasiado por Miriam: quizá demos por sentado que, con su pasado, la catástrofe es inevitable. Arn Debs tiene un abono para los Dallas Cowboys. Y alquila películas de acción a toneladas. Y vota al Partido Republicano. Y lleva un puente de colmillo a colmillo. Otra hipótesis: Jennifer le dio mi teléfono porque el tipo la estaba molestando, y me lo «enviaba» para que lo pusiera en su sitio. Arn Debs tiene tres condenas penales. Dos por fraude al servicio de Correos (ambos fuera de Texas). Y otra, por agresión con agravantes, que se remonta al tiempo en que era un jovencito de tierra adentro.

Jennifer *jodiendo* su trabajo: podía tener dos lecturas. La primera: una «venada». Y la segunda: algún tipo de móvil personal. Algo que le brindara una razón más para no llegar al lunes...

Un momento. La sala Decoy, cuando llegué, era un auténtico zoo. Pero las ocho habían pasado hacía rato, y me dije: No te preocupes: es esta puta sala, que está más vacía al final de la barra. ¿Cómo voy a perder al tipo? Lo tenía perfectamente identificado. Sabía sus datos. Fecha de nacimiento. Un metro noventa de estatura. Cien kilos de peso. Pelo rojo. Creo que no lograba imaginármelo: Jennifer y él relacionados de algún modo... Lo había estado observando. No había escapatoria para Arn Debs. Hasta las ocho y cuarto le había estado «dando» a la cerveza, quizá como deferencia para con su polla dura. Luego, desesperado, se pasó al escocés. Y ahora estaba encrespándose y maldiciendo y mofándose de las camareras. Y dando la lata al barman: preguntándole por su vida amorosa, por lo «diestro» que era en este campo, como si tal vocablo fuera el femenino de «galante».[1] Dios, ¿no son los borrachos un auténtico coñazo? Los barmans lo saben todo de los «rollos» de estos pelmas. Es su trabajo. No pueden plantarlo todo y largarse a casa.

Me hago la remolona hasta que el pobre barman se inventa un quehacer ineludible. Y entonces me dirijo hacia el fondo de la barra. Todo el mundo dice que me gusta vestir como una poli de barrio. Como la poli de barrio que fui en un tiempo. Pero mi chaqueta es de algodón negro, no una cazadora de cuero ni de tela satinada. Y mis pantalones son también de algodón negro, no de la sarga del cuerpo. Y no llevo porra ni linterna ni radio ni gorra ni pistola. El tipo va con botas de cowboy debajo del pantalón. Y es otro gigante. Los norteamericanos están llegando hasta los techos. Sus madres los ven crecer primero con orgullo, luego con pánico.

–¿Es usted Arn Debs?

–¿Quién cojones lo pregunta?

–La ley –digo–. La ley es quien cojones lo pregunta. –Me abro la chaqueta y le dejo ver la placa prendida a mi blusa–. ¿Ha quedado aquí con Jennifer Rockwell?

1. *Prowess*: «habilidad», «pericia», «destreza». *Prow*: «galante». *(N. del T.)*

–Puede que sí y puede que no. Y váyase a tomar por el culo, en cualquiera de los dos casos.

–Muy bien, Jennifer está muerta –le digo. Y hago un gesto como para calmarlo con las manos levantadas–. Tranquilo, señor Debs. Todo va a ir bien. Vamos a sentarnos en aquel rincón a charlar tranquilamente del asunto.

Dice en tono suave:

–Quíteme las jodidas manos de encima.

Digo en tono suave:

–Muy bien. ¿Quiere acompañarme a ver cómo llamo a la central? ¿Saben su mujer y su hija lo de usted y Jennifer? ¿Saben algo de aquel «tropiezo» suyo de agosto del 81? ¿Cómo se llamaba la chica...? ¿«Septiembre» Duvall? Le acusaron de violación, ¿no? Y lo dejaron en agresión con agravantes... Era cuando vivía en aquel pueblucho de Nebraska, ¿se acuerda? –Llamé al barman–. ¿Eric? Ponme un Virgen María y un doble de Dewar's para el caballero y llévalos a mi mesa.

–Al instante, detective Hoolihan. Se lo llevo en un segundo.

A quien estoy mirando, creo (y ahora lo tengo delante, apretado contra un rincón al lado de la ventana, con sendos patos prácticamente encaramados sobre sus hombros), es a un patán medio reformado con una buena chaqueta de tweed, aficionado a las farras de alcohol y de sexo siempre que sale de viaje. De los que reservan dos mesas en el restaurante francés de la planta de arriba. Bronceado de Texas, gafas oscuras en ristre en el bolsillo exterior y un pelo rojizo del que se siente orgulloso. Me sorprende que no se llame Randy o Rowdy o Red. Alto, ancho, guapo, de ojos diminutos. El genuino casanova al que no le falta ni *esto* para ser maricón.

Digo: Beba, señor Debs.

Dice: Joder, qué negra se me pone la velada...

Digo: ¿Así que era amigo de Jennifer Rockwell?

Dice: Sí. Bueno, sólo la vi una vez.

Digo: ¿Cuándo?

Dice: Pues... quizá hace un mes. Hago estos viajes de trabajo regularmente, cada tres o cuatro semanas. La conocí la última vez que vine a la ciudad. El veintiocho de febrero. Lo recuerdo porque no es año bisiesto. Estuve con ella el veintiocho de febrero.

Digo: ¿Dónde?

Dice: Aquí. Aquí mismo. En la barra. Estaba sentada un par de taburetes más allá, y empezamos a hablar.

Digo: ¿Estaba sola? ¿No esperaba a nadie?

Dice: Estaba sola. Sentada en la barra, tomándose un vino blanco. Ya sabe...

Digo: ¿Y qué pensó usted?

Dice: Si le digo la verdad, pensé que parecía una modelo, o puede que una puta de categoría. De las que te encuentras en los mejores hoteles. No es que pensara en irme con ella pagando. Empezamos a hablar. Me di cuenta enseguida de que era una buena chica. No llevaba alianza. ¿Estaba casada?

Digo: ¿De qué hablaron?

Dice: De la vida. Ya sabe. La vida y esas cosas...

Digo: ¿Sí? ¿Qué tipo de cosas? Que algunas veces estás bien y otras mal. Que hay que pensarse bien las cosas... ¿Ese tipo de cosas?

Dice: ¡Eh, oiga! ¿Qué es esto? Estoy respondiendo a sus preguntas, ¿de acuerdo?

Digo: ¿Le dijo que tenía mujer e hija?

Dice: No salió el tema.

Digo: Y concertaron una cita. Para esta noche...

Dice: Oiga: me porté como un caballero.

Y se pone a contarme algo de la empresa para la que trabaja en Dallas. Que habían traído a un tipo del distrito de

Columbia para darles un seminario sobre modos sociales. Un seminario sobre cómo evitar querellas por acoso sexual. Y me recuerda que uno nunca toma demasiadas precauciones, que hoy día la cosa está imposible, y que él siempre se comporta como un caballero.

Digo: Y luego ¿qué sucedió?

Dice: Le pregunté si le apetecía cenar algo. Aquí en el hotel. Dijo que le gustaría, pero que aquella noche no podía. Que quedáramos para la próxima vez que yo viniera a la ciudad.

Digo: ¿Y cómo es que le dio mi teléfono?

Dice: ¿Su teléfono?

Digo: Sí. Con quien habló anoche fue conmigo.

Dice: ¿Era usted? Vaya. Quién sabe. Lo que me dijo fue que no era *su* teléfono. Dijo que era el de una amiga. Dijo que si la llamaba a casa podía tener problemas con el tipo con el que vivía.

Digo: Muy bien, follador. No es eso lo que pasó. Lo que pasó fue lo siguiente: usted la estuvo molestando. ¡Un momento! Usted la estuvo molestando, en el bar, en el vestíbulo, no sé... Puede que la siguiera hasta la calle. Y ella le dio mi número de teléfono para quitárselo de encima. Usted la estuvo...

Dice: No, no fue eso lo que pasó. Lo juro. De acuerdo, la acompañé hasta la calle, hasta la parada de taxis. Y me escribió el número ella misma. Mire. Mire...

Del bolsillo interior de la chaqueta saca la cartera. Con sus enormes dedos se pone a pasar unas cuantas tarjetas sueltas. Aquí está. Me la tiende. Mi número de teléfono, seguido de la clara firma de Jennifer. Seguida de dos X, dos pares de trazos cruzados: besos...

Digo: ¿La besó, Arn?

Dice: Sí, la besé.

Se queda callado. Poco a poco se estaba dando cuenta de que ahora la posición fuerte era la suya. Volvía a sentirse a sus anchas. Gracias a la adrenalina y al doble Dewar's que hacía rato que se había echado al coleto, como a contrarreloj.

–Sí, la besé. ¿Es que ahora hay alguna ley que lo prohíba?

–¿Con lengua, Arn?

Me apunta con un dedo y dice:

–Me porté con la mayor de las correcciones. Oiga: la caballerosidad no ha muerto. Y ¿de qué ha muerto Jennifer, si puede saberse?

Vaya por Dios. Ella está muerta. Pero no la caballerosidad.

–De un accidente. Con una arma de fuego.

–Qué horrible. Tanta belleza... Y tanta clase, ¿no le parece?

–Muy bien. Gracias, señor Debs.

–¿Eso es todo?

–Sí, eso es todo.

Se inclina hacia mí. Su aliento, por encima del alcohol, está lleno de hormonas masculinas. Dice:

–Cuando hablamos por teléfono ayer por la noche pensé que era usted un tío. Y no un tío pequeño. Alguien de mi tamaño. La gente comete errores, ¿no? No he estado seguro de que era una mujer hasta que se ha abierto la chaqueta para enseñarme la placa. ¿Qué tal si me la enseña otra vez? Para su información, en mi cuarto tengo una botella de Krug en un cubo con hielo. Puede que la velada no se haya ido del todo al traste. ¿Eh?, ¿qué prisa tiene? ¿Está de servicio? Venga. Quédese y tómese unos tragos conmigo.

En los viejos tiempos a veces seguía bebiendo a pesar de haberme provocado la «aversión clínica». Después de haber tomado esas pastillas que te producen ataques epilépticos si las mezclas con alcohol. Y eso es precisamente lo que hacía:

mezclarlas con alcohol. Me parecía que valía la pena. A tomar por el culo. Las convulsiones sólo te duraban unos días. Y luego adiós problema.

Ahora no podría hacerlo. Si *me* mezclo con alcohol *yo misma*, el resultado sería un fulminante fallo hepático. Y tampoco podría seguir bebiendo después de haber tomado esa mierda. Porque ya me habría muerto.

No es demasiado tarde. Voy a cambiarme de nombre. Voy a ponerme algo femenino. Como detective Jennifer Hoolihan, por ejemplo.

Que una chica tenga nombre de chico y que lo conserve no es tan raro como puede pensarse. He conocido a una Dave y a una Paul que jamás han intentado cambiárselos por lindezas como Davina o Pauline. Incluso he conocido a otra Mike. Y todas hemos seguido con esos nombres. Pero ¿cuántos hombres adultos conozco que sigan llamándose Priscilla?

Es algo que a menudo me he preguntado: ¿por qué me llamó así mi padre si tenía pensado follarme? ¿También era maricón, amén de todas las demás cosas? Y he aquí algo aún más misterioso: nunca dejé de quererle. Nunca he dejado de querer a mi padre. Siempre que pienso en él, y antes de que pueda hacer algo al respecto, siento que mi amor por él me desborda.

Ahí viene el tren nocturno. Primero ese sonido como de cuchillos que alguien estuviera afilando. Luego el grito, duro pero sinfónico, como un arpegio de cláxones.

PURO AGUJERO

El oficial de centralita nos envía a una residencia de estilo Tudor, en Stanton Hill. Dos padres bañados en lágrimas, asistidos por una pequeña cohorte de desconsolados criados, nos conducen escaleras arriba. Con tu compañero a un lado (Silvera, en ese caso), entras en un cuarto lleno de equipos estéreo e informáticos, de compacts y ordenadores, lleno de pósters de tías y de estrellas del rock por todas las paredes, y encima de la cama ves el cadáver de un pobre chico con una débil mirada sesgada y maliciosa y un pendiente en una oreja. Los pantalones los tiene bajados y hechos un ovillo en los tobillos. Está tendido en medio de un montón de revistas pornográficas y de unas ampollas de nitrito de amilo.[1] En el vídeo hay una película porno alquilada y, junto a la almohada, un mando a distancia lleno de huellas invisibles. El chico tiene una bolsa de plástico sobre la cabeza, medio arrancada de la cara. Así que te pasas una hora con los padres, diciéndoles lo que se te ocurre, mientras los del laboratorio llegan y se van. Y en cuanto salís a la calle y os alejáis un poco, os dirigís ese encogimiento de hombros de los polis y uno de los dos va y dice:

Bueno, al menos ha muerto por una buena causa.

Eso. No ha cejado hasta el final. Y, además, ¿sabes qué?

¿Qué?

Que lo estaba haciendo por todos nosotros.

No pensaba en él mismo ahí arriba.

Estaba abriendo fronteras para todos nosotros.

Ofrendando su vida por todos nosotros.

Nadie goza de amor más excelso

que quien sacrifica

la propia vida

por una paja mejor.

Bien dicho. Por una paja mejor.

Con la tele uno espera que todo esté «a la altura de las circunstancias». Las cosas tienen que estar a la altura de las cir-

---

1. Nitrito de amilo: gas utilizado como afrodisíaco. *(N. del T.)*

cunstancias. El castigo ha de responder adecuadamente al crimen. El crimen encajará en el perfil psicológico del autor. La coartada será desmontada. La pistola seguirá humeante. La mujer del velo se presentará de súbito en la sala del juicio.

Móvil, móvil... «Móvil»: aquello que mueve, que impele a hacer algo. Pero en el homicidio, hoy, ya no nos importan nada los móviles. Nunca pensamos mucho en ellos. No nos importan los porqués. Decimos: A la mierda el porqué. El móvil..., sí, puede que su indagación fuera conveniente, puede que fuera lo bastante fiable, puede que conservara toda su fuerza hace medio siglo. Pero hoy día se ha ido a la puta mierda. Con la tele.

Te diré quién necesita un móvil. Los miembros del *jurado* necesitan un móvil. Quieren que se repongan *Perry Mason* y *Los defensores*. Quieren *Patrulla de caminos*.

Quieren anuncios cada diez minutos, o lo que ven nunca ha sucedido.

Eso en el homicidio. Ahora hablamos de un suicidio. Y todos queremos saber los porqués de los suicidios.

Y, en éste, ¿cómo van las cosas?

Mañana por la noche voy a ver a Trader Faulkner, y tal vez surja algo nuevo, tal vez saque algo más de esa entrevista. Pero, si no, ya se ha hecho lo suficiente. El caso está cerrado, ¿no es eso? He seguido el rastro de todos los nombres de la libreta de direcciones de Jennifer. He examinado el registro de sus llamadas telefónicas y las cuentas de sus tarjetas de crédito. Y sólo veo una laguna: ni rastro del litio. Tony Silvera ha estado con Adrian Drago en Narcóticos, y ha hecho que sus confidentes se pongan a patear las calles. Pero aquí no hablamos de drogas de la calle. Y no cuento con poder echarle el guante al que le «pasaba» el litio.

Pero... vamos a ver. Jennifer Rockwell era un canal entre los pechos de una bata de laboratorio. Pero no era Mary Poppins. Una peonza parece firme y estable hasta que su fuerza empieza a flaquear. Un temblor, y empieza a vibrar y a girar más despacio. Y se tambalea y hace eses y cae hacia un lado. Y se para.

Las respuestas van encajando, ¿no? Tenemos sexo, drogas y rock and roll. Es más de lo que normalmente se tiene. Es mucho. Es prácticamente como en la tele.

Así que ¿por qué no voy a creérmelo?

Sigo pensando en el cuerpo de Jennifer. Sigo pensando en el cuerpo de Jennifer y en lo segura que se sentía de él. La veías en traje de baño y lo único que pensabas era... Un día de verano, hace unos cinco o seis años, los Rockwell alquilaron la piscina de la terraza del Trum para festejar su aniversario de bodas, y cuando Jennifer salió de la caseta y se acercó a nosotros con su traje de baño blanco, se hizo un silencio sepulcral. Y Silvera dijo: «Mmm..., no está mal.» Luego su abuela Rebka se puso a dar palmadas y a decir en tono plañidero: «*Zugts afen mir!*» Debería despertar la misma admiración. Todos deberíamos tener esa gran suerte. La contemplación de Jennifer te hacía adscribirte de inmediato a la teoría de que toda atracción tiene una base *genética*. Pon ante tus ojos el cuerpo de Jennifer, y los genes se te pondrán «como una moto». Su cuerpo suscitaba una especie de turbación, una excitante turbación en todo el mundo (hasta Trader agachaba la cabeza ante él). Pero para ella no era en absoluto turbador. La seguridad con la que lo «llevaba» era patente, autosuficiente..., creo que la palabra que mejor le cuadra es «plena». Ella nunca necesitó dedicarle la menor reflexión a su cuerpo. Y cuando se considera lo mucho que el resto de nosotros pensamos en nuestro propio cuerpo, y el tipo de pensamientos que nos concita... Sí, estoy completamente de acuerdo: todos deberíamos tener la misma suerte.

Aquel día, al pie de la piscina de la terraza del Trum, se dijeron algunas cosas más. Sus dos abuelas, Rebka y Rhiannon, que habrían de morir al año siguiente con un mes de diferencia, constituían todo un espectáculo antagónico. A la edad de diez años Rebka había limpiado las calles de Viena con el gorro judío de su padre. Y era un ángel de luz. La acaudalada Rhiannon, por su parte, era severa, sarcástica, mezquina. Y galesa. Si alguna vez hemos pensado que la palabra *Schadenfreude*[1] era alemana, cinco minutos con Rhiannon nos hubiera hecho probablemente pensárnoslo dos veces. Y la manera de hablar que tenía... El acento que conservaba... Hasta a mí me dejaba anonadada. En toda una vida de ininterrumpida bonanza, la abuela Rhiannon sólo había tenido un motivo real de queja. Todos sus hijos habían prosperado. Y había tenido quince.

Al pie de la piscina, aquel día, dijo:

–Soy como un caballo en un ruedo. Llevo montones y montones de serrín a cuestas.

Y yo dije:

–¿Eso es galés? Pensaba que era irlandés, lo de tener montones de hijos.

–No, no exactamente. Era él. Billy. Era él el que los quería. Yo sólo quería dos. Aun después de tener al pequeño Allan seguía encima de mí para tener más.

–¿Sí?

–Día y noche. Uno más, uno más. Y yo decía: «Venga ya, Billy. Tómate un descanso. Porque así soy toda un agujero.»

–¿Un qué?

Lo repitió. Todo junto, atropellado: «todaun-aujero».

---

1. *Schadenfreude:* «alegría ante el dolor ajeno» en alemán. *(N. del T.)*

Así es como a veces pienso que es este caso.
Todo agujero.

CAMBIAR TODO «LO DADO»

Esta noche tengo la entrevista con Trader.

Antes de ir a su apartamento, hago una cosa: volver a oír la transcripción del interrogatorio al que le sometí en la brigada. Mi esfuerzo, allí, en la pequeña sala de interrogatorios, tuvo un enfoque erróneo. Pero su tenacidad me ha impresionado. Y ahora caigo en la cuenta de lo siguiente:

Tengo un testigo que le sitúa a usted fuera de la casa a las siete y treinta y cinco. Con expresión desolada. «Como loco.» Fuera de sí. ¿Le suena, Trader?

Sí. El momento... El estado de ánimo.

Antes lo había pasado por alto. Y ahora me digo que tengo que volver sobre ello esta noche. ¿Por qué desolado?

Otra cosa que hago, antes de salir, es pasarme una hora en el cuarto de baño maquillándome las ojeras. Dándome sombra de ojos, perfilándome los labios. Y con las pinzas..., Dios santo. Y ayer por la noche me lavé el pelo, y me acosté muy temprano. Supongo que una mujer hace este tipo de cosas a veces –sin ninguna razón especial, sólo por amor propio– para sentirse bien consigo misma cuando va a ver a un hombre que le gusta. Pero también podría ser que estuviera loca por Trader. ¿Y qué, si así fuera? No quiere decir gran cosa. Sólo lo siguiente: que si él necesita consuelo, yo estoy dispuesta a dárselo. Cuando salía por la puerta Tobe me ha mirado de un modo extraño. Tobe es un tío majo. Es un gigante amable. No es de los violentos. No es como Deniss, Shawn, Jon, Duwain.

Hace ya mucho tiempo que aprendí que no puedo conseguir al chico bueno.

Yo pertenezco al grupo de los «chicos buenos», y salgo al mundo y no consigo más que a los chicos malos. Puedo conseguir a los malos.

Pero no logro conseguir a los buenos.

Me resulta imposible conseguir a los chicos buenos.

Ha sido una velada larga, y ha transcurrido a ráfagas.

Trader ha vuelto a instalarse en el apartamento. Mi escenario del crimen se ha desbaratado: Trader lo ha cambiado de arriba abajo. La silla del dormitorio (¿es la misma?) está cubierta por una sábana blanca. La escalera de tijera sigue en un rincón. Trader dice que aún no ha dormido en ese cuarto. Que acaba durmiéndose en el sofá. Viendo la televisión.

–Vaya, una tele. Al fin vuelve a la vida –digo. Es difícil encontrar palabras inocentes, dadas las circunstancias–. ¿Cómo se siente, de nuevo aquí?

–Mejor estar aquí que no estar aquí.

Una vez más: no es, a grandes rasgos, una opinión que Jennifer Rockwell hubiera compartido.

Le hago compañía en la cocina mientras me prepara una soda. Con limón y hielo. El cuerpo de Trader siempre se ha movido con lentitud. Su cara, esta noche, parece velada por una sombra de torpor. Si no fuera por las matemáticas y demás, habría momentos en que le tomarías por uno de esos galanes retrasados mentales..., uno de esos tipos a quienes la belleza les ha sido dada para nada. Salvo para sembrar un poco más de dolor en este mundo. Pero luego la luz de la inteligencia vuelve a la suavidad castaña de sus ojos. Trato de recordar si siempre ha tenido ese velo, esa sombra. ¿O ha caído sobre él hace sólo un mes, el cuatro de marzo? La fecha en que le sobrevino tamaño anonadamiento. Se sirve una copa. Sigue bebiendo toda la velada. Jack Daniels. Con hielo.

Levanta el vaso, se vuelve hacia mí y dice:

–¿Qué tal, Mike?

Pero no se vuelve hacia mí y me dice: *¿Qué has descubierto? ¿Has conseguido algo?* Yo quiero saber lo que él sabe. Él no quiere saber lo que yo sé.

A veces nuestra conversación es muy..., ¿cómo lo diré?, muy «metódica».

Y ¿qué me dice de los hijos, Trader? Supongo que sigo buscando algún «precipitante» adecuado. ¿Llegó a sentir Jennifer alguna ansiedad al respecto?

No la sometía a ninguna urgencia. Yo tenía muchas ganas, pero no la presionaba. Si no quería tener ninguno, pues muy bien. Si quería tener diez, pues muy bien también. Es como lo del aborto. Una opción de la mujer.

Eso es muy poco convencional. ¿Cuál era su opinión acerca del aborto?

Era casi la única cuestión polémica que le suscitaba cierto interés. Libertaria, sí, pero con muchos escrúpulos. Yo también. Por eso me muestro reacio en este asunto y se lo dejo a las mujeres.

A veces no somos tan «metódicos». A veces nuestra charla tiende a no ser tan disciplinada.

–Mire esto.

Está en el sillón, el que utiliza para leer. Al lado está la mesa redonda llena de libros apilados (y una lámpara, y un vaso, y fotografías enmarcadas). Alarga la mano hacia un pequeño libro de bolsillo, de cantos arrugados, y dice:

—Estaba en una estantería con el lomo hacia la pared. No puedo creerme que de veras lo leyera.

—¿Por qué?

—Está tan pésimamente escrito...

Un librito de una editorial desconocida: *El suicidio con sentido*. Escrito por cierto doctor con dos iniciales entre nombre y apellido. Le echo una ojeada. No es ninguna de esas guías de «cómo hacerlo» que tanto han proliferado últimamente. Pretende más bien ser un elemento de asesoramiento en el proceso: dónde acudir en la crisis, con quién hablar, teléfono de ayuda...

—Lo subrayó —digo.

—Sí. Por costumbre. Siempre leía con un lápiz en la mano. No sé dónde lo compró. Pudo ser en cualquier momento de los últimos diez años.

—Lo firmó.

—Pero no le puso fecha. Y la firma..., la letra la tenía idéntica desde hace muchos años. ¿Por qué no lo somete a un bombardeo nuclear, Mike? Con su arsenal forense. El test de activación del boro. ¿No lo ha estado utilizando hace unos días?

Me echo hacia atrás en la silla. No estoy muy segura de cuál es su talante en este momento. Digo:

—Fue cosa del coronel Tom, Trader. Tom ha estado a punto de volverse loco. Tuve que hacerlo por Tom.

—Oiga, tengo algo para usted: lo hizo Tom.

—¿Hizo... qué?

—Matar a Jennifer. Asesinar a su hija Jennifer.

—¿Puede repetírmelo?

—Es la menos verosímil de las hipótesis. Luego tiene que ser él. Venga, vamos a montarnos la película. Lo único que necesitamos es ser un poco insensatos. Es como cambiar de decoración tu cuarto: puedes hacerlo cien veces. La mató Miriam. La mató Bax Denziger. La mató *usted*. Pero quedémonos con Tom. Lo hizo Tom. Esperó a que me fuera. Se coló en el apartamento, y la mató.

–De acuerdo. Entonces ¿por qué no lo deja todo como está? ¿Por qué me mete a mí en el asunto? ¿Qué estoy haciendo yo aquí esta noche?

–Es para despistar. Una maniobra de diversión. Así, la verdad jamás se le ocurrirá a nadie en su sano juicio.

–¿Móvil?

–Muy sencillo. Lo tengo. Jennifer recordó un terrible secreto de su pasado. Un recuerdo que trató de sepultar. Con drogas.

–¿Con drogas?

–Cuando era una niña pequeña le preguntaba a su padre... por qué se metía en su cuarto. Por qué le hacía hacer aquellas cosas malas. Por qué... Oh, no. Oh... Lo siento, Mike.

–No se preocupe. Pero dejémoslo. Lo hizo Jennifer. Se mató ella misma.

–Se mató ella. ¿Lo ve? ¿Por qué la gente no se calla la boca? ¿Por qué la gente no... se calla la puta boca?

Me llega una revelación. Le digo:

¿Ha hablado con el profesor Denziger?

Sí, he hablado con Bax.

¿Le dijo lo de...?

Sí, me lo dijo. Lo está pasando muy mal a causa de eso. A mí, en cierto sentido, me pareció algo muy de ella. No la incompetencia. Eso no era nada propio de ella. Sino cómo lo hizo. Cambiar los valores. Cambiar todo «lo dado».

¿Por qué lo dice?

Es como si se me hubiera ocurrido preguntarle a Jennifer..., no sé, quién iba a ganar las elecciones de noviembre. Difícilmente se hubiera interesado. A causa de «lo dado». Los parámetros. No sólo los candidatos..., todo el montaje. Había perdido el hilo de todo eso hace mucho tiempo.

¿Le dijo Denziger que lo que hizo tenía todas las trazas de haber sido intencionado?

Creo que la única posibilidad real de equivocarse en ese campo es cuando entra en juego un interés personal. Como cuando Sandage empezó a entusiasmar a todo el mundo con sus descubrimientos de los quásares. Sus resultados se vieron contaminados por las enanas marrones, a las que pueden asemejarse los quásares. Es como en el tenis: deseas tanto que la pelota sea buena que de hecho *ves* que ha sido buena cuando no lo ha sido en realidad. Jennifer jamás vería nada que no estuviera *viendo*. Creo que todo formaba parte del patrón.

Antes ha dicho que ella no era muy amiga de patrones.

Pero eso es lo que la enfermedad mental hace... Te encadena a un patrón. Muy mal asunto. Hay algo más que empezó a hacer. Empezó a *comprar* cosas.

¿Qué? No me diga... Coches. Pianos.

No, cuadros. Una mierda de cuadros. No era una persona particularmente visual; yo tampoco lo soy. Pero a mí me parecían arte de aeropuerto. Aún sigo devolviendo cuadros que siguen llegando. Las galerías no protestan demasiado. Es un suicidio. No es la primera vez que les sucede algo parecido.

Pagaba con talones con fechas posteriores...

... Sí. Con cheques posfechados. El viernes me llegaron dos entregas. Los cheques llevaban la fecha del uno de abril.

Inocente.

Inocente.[1]

---

1. En los países anglosajones, el día de los Inocentes se celebra el 1 de abril. (*N. del T.*)

Al rato, otra revelación:

Acaba de «sablearme» un pitillo: el primero de la noche. Yo voy ya por el segundo paquete. Digo:

—Esto tal vez podría sorprenderle, aunque no lo creo. Es de la autopsia. De Toxicología. Tengo la impresión de que Tom ya se lo ha contado.

—Me lo ha contado Miriam. Miriam, al final, me lo cuenta todo. ¿El litio? Me hice el sueco. Pero ya lo sabía.

—¿Sabía que Jennifer estaba tomando litio?

—No cuando estaba viva. —Deja escapar un suspiro y dice—: Mike, dígame una cosa. Ese libro..., *El suicidio con sentido*, no aporta ningún sentido al suicidio, ni a nada de nada. Y además es extremadamente vago en relación con las notas de los suicidas. ¿Cuántos suicidas dejan notas de suicidio?

Las estadísticas, a ese respecto, son muy poco de fiar, y se lo digo.

—¿Y qué diferencias hay? —dice él—. ¿Qué sentido tiene eso?

Nada en sí mismo, le digo. Depende de la persona, depende de la nota. Algunas tratan de ofrecer consuelo. Otras, reproches.

—Jennifer dejó una nota. Dejó una nota. Me envió una nota por correo. Volví al despacho una semana después y la encontré allí, en mi bandeja de la correspondencia. Aquí está, léala. Yo voy a hacer lo que ella hizo el sábado por la mañana, cuando la echó al buzón. Voy a darme un paseo alrededor de la manzana.

Espero hasta que oigo la puerta. Me encorvo sobre la grabadora. Trato de que mi voz suene más fuerte que un susurro, pero no lo consigo. Tengo que subir el volumen del aparato, porque el *mío* se niega a funcionar.

—Querido mío —leo en un susurro—, has vuelto al trabajo y eso me consuela. Eso y el hecho de que seas el amante más tierno del planeta y de que finalmente tendrás que perdonarme por lo que he hecho.

»Me conocías cien veces mejor que cualquier otra persona, pero yo no era totalmente como tú pensabas que era. Hace casi exactamente un año empecé a sentir que estaba perdiendo el control de mis pensamientos. No encuentro otra forma de explicarlo. Mis pensamientos se ponían a girar en torno a la cosa que pensaba, y seguían su propio curso mientras yo me convertía en un mero, inocuo espectador. No me atreví a acudir al doctor Tulkinghorn, porque no me podía fiar de que no fuera a correr a contárselo a mi padre. Pensé que podía arreglármelas yo sola..., y sospecho que al decírmelo no hacía sino jugar de farol en mi partida de dados íntima. He leído mucho sobre ello. Y cuando pensabas que estaba en el Brogan los lunes, en realidad estaba en el Rainbow Plaza, donde los de la GCG pasan el descanso del almuerzo sobre el césped, y donde consigues droga sin el menor problema. Desde mayo pasado estoy tomando "estabilizadores" psíquicos (no siempre las mismas dosis). Serzone, depecote, tegretol... Suenan a actitudes morales. Te dejan la cabeza "seca". Pero dejaron de hacerme efecto.

»Estoy asustada. No dejo de pensar que estoy a punto de hacer algo que jamás nadie ha hecho antes..., algo absolutamente inhumano. ¿Es eso lo que estoy haciendo ahora? Mi niño, estaré contigo hasta mañana por la noche. Has sido perfecto para mí. Y ten presente siempre que no habrías podido hacer *nada,* no habrías podido *cambiar nada.*

»Ayuda a mamá. Ayuda a papá. Ayuda a papá. Lo siento lo siento lo siento lo siento lo siento lo siento lo siento lo siento...

Y sigue diciéndolo hasta el final de la hoja: Lo siento.

Al rato estoy de nuevo en la cocina, bebiéndome otra soda. Mirando al hombre que acaba de volver al apartamento. No es sólo que el aire frío le haya devuelto el color de las mejillas. Sus movimientos, ahora, son más bruscos y ruidosos, más metálicos. Y su respiración es viva. Cambio la cinta de la grabadora. Fumo. Alimento lo que hay dentro de mí. La «cosa» que hay dentro de mí... no se ha calmado en absoluto. También ella es más brusca, más ruidosa..., más fría, más furiosa.

Me dice por encima del hombro:

–Mike, ¿no se tienen síntomas cuando se está tomando esa mierda? ¿Síntomas físicos?

–Sí, puedes tenerlos –digo.

–¿No se te hincha la cara, no se te empieza a caer el pelo?

–Puede ser, sí. De pronto te conviertes en Kojak.

–Mike, me creerá si le digo... Mi fe en mis dotes de observación ha..., ha conocido mejores días. He vivido con una futura suicida con la psique alterada por las drogas durante un año y no me he dado cuenta. Puede que tampoco me hubiera dado cuenta si hubiera estado viviendo con Kojak. Pero me habría dado cuenta si hubiera estado follando con Kojak, ¿no le parece? Tranquilíceme al respecto.

–Hay gente que no presenta ningún síntoma físico. No se pone bizca ni nada parecido. Ni siquiera le cambia el aliento. Jennifer... Jennifer era muy afortunada con su cuerpo.

–Qué lastima... Qué lástima.

Su fulgor ha abandonado el apartamento. El prurito del orden de Jennifer ha abandonado todas las piezas del apartamento. Comienza a darse en ellas una entropía masculina..., pero de momento no ha cambiado nada más. Su baúl azul sigue ocupando su sitio, debajo de la ventana. Su mesa sigue reflejando el atareado ritmo de trabajo de antes de su muerte. El bol de pétalos secos sigue marchitándose en su fragancia, entre la lámpara y la fotografía enmarcada, sobre la mesa donde estamos sentados.

–Dios –digo, sonriendo–. ¿Qué había tomado? ¿Hongos alucinógenos?

Trader se inclina hacia adelante.

–¿Quién, Jennifer?

Es la licenciatura. En la fotografía, las tres chicas estan de pie –no, dobladas– con sus togas y birretes. Jennifer se está riendo, con la boca abierta al límite de lo que una boca puede abrirse. Sus ojos son apenas unas líneas húmedas. Sus dos amigas no parecen mucho más circunspectas. Pero hay una cuarta chica en la fotografía, atrapada en un vértice del marco, que parece inmune a toda aquella risa (tal vez inmune a toda risa).

–No –dice Trader–. ¿Jennifer? No. Y es ahí, precisamente en eso, donde empiezo a no entender nada.

Calla unos instantes. Vuelve a su cara ese ceño o esa sombra.

–¿Qué? –digo–. ¿A qué se refiere?

–A que ella *odiaba* todo lo que pudiera... alterarle anímicamente. Bueno, se fumó sus porros en la facultad y demás, como todo el mundo. Luego lo dejó, y se acabó. Ya sabe cómo era Jennifer. Una copa de vino, pero nunca dos. Le producía rechazo todo eso. Durante todo el primer año en que la conocí tuvo a esa compañera chiflada...

–Phyllida –digo. Y veo cómo le vuelve la sombra.

–Phyllida. Estaba tomando cinc y manganeso y acero y cromo. Y Jennifer decía: «Se toma todos los días un tanque Sherman. ¿Qué le vas a hacer? Ha llegado a no ser *nadie*.» Bueno, a mí me gusta beber algunas noches, y fumarme algún porro de vez en cuando, y a Jennifer no le importaba en absoluto. Pero ¿ella? No, ella ni pastillas para dormir siquiera, nada de nada. Hasta las aspirinas eran siempre el último recurso.

—¿Seguía viéndose con la tal Phyllida?

—No, a Dios gracias. Hubo unas cuantas cartas. A Phyllida la mandaron a vivir con su madrastra. Y se mudaron a Canadá. Eso he oído.

Al cabo de unos segundos digo:

—¿Le importa si le hago una pregunta personal?

—Adelante, Mike. No sea ridícula.

¿Cómo era su vida sexual?

Buena, gracias.

Me refiero al último año. ¿No le pareció que «bajaba» un poco?

Puede. Puede que bajara un poco, sí.

Porque casi siempre es un síntoma. ¿Cada cuánto hacían el amor?

Oh, no sé... Supongo que el último año la frecuencia bajó a una o dos veces al día.

¿Al día? ¿No querrá decir una o dos veces a la semana?

Una o dos veces al día. Y más los fines de semana.

Y ¿quién solía empezar?

¿Cómo?

¿Se le ocurría siempre a usted? Mire, puede mandarme a tomar por culo y demás, pero algunas mujeres, cuando son tan afortunadas físicamente como Jennifer, son como miel recién sacada de la nevera. No se unta bien con ella. ¿Qué tal era en la cama?

... Adorable. No se preocupe: me siento bien contándole esto. Es curioso. Esa carta que acaba de leer es casi la única de las suyas dirigida a mí medianamente publicable. Solía decir: «¿Crees que alguien se creería la cantidad de tiempo que nos pasamos en la cama? ¿Dos adultos racionales?» Cuando fuimos al sur de vacaciones, al volver la gente nos preguntaba por qué no estábamos morenos.

Así que el sexo era... una gran parte del todo.

No era un todo dividido en partes.

... ¿Nunca le notó ningún desasosiego, o algo? Me refiero a que se ató a usted siendo muy joven. ¿No cree que a lo mejor empezó a sentir que se estaba perdiendo algo?

Y yo qué coño sé, Mike. Escuche: se lo voy a contar. Déjeme contarle cómo era lo nuestro. Nunca quisimos estar con otra gente. Era un poco preocupante. Teníamos amigos, teníamos hermanos, veíamos mucho a Tom y a Miriam, íbamos a fiestas y nos relacionábamos con la gente. Pero nada nos gustaba tanto como estar juntos. Nos pasábamos la vida hablando, riendo, follando, trabajando. Nuestra idea de «salir» una noche era quedarnos en casa esa noche. ¿Va a decirme que a la gente no le apetece eso? Nosotros esperábamos que la cosa se calmase un poco, pero no fue así. Jennifer no era de mi propiedad. No estaba seguro de ella al ciento por ciento..., porque si alguna vez llegas a estarlo, lo mejor ya ha pasado. Sabía que había una parte de ella que no podía ver. Una parte que se guardaba para sí misma. Pero era una parte de su intelecto. No ningún jodido *estado de ánimo*. Y creo que ella sentía lo mismo respecto a mí. Los dos sentíamos lo mismo respecto al otro. ¿No se supone que es eso lo que busca todo el mundo?

Estoy yéndome hace rato. Tengo ya el bolso en el regazo cuando digo:

—La carta. ¿La tenía en la cartera cuando le estuve presionando en la sala de interrogatorios? –Asiente con la cabeza. Digo–: Habría podido bajarme algo los humos enseñándomela.

–Mike, no creo haberle visto ningunos humos. Usted pensaba que los tenía, pero no era así.

–Al que tenía detrás dándome humos era al coronel Tom. Esa carta podía haber acelerado las cosas.

–Sí, pero yo no quería que las cosas fueran más deprisa. Quería que fueran más despacio.

–El cuatro de marzo... Ha dicho que Jennifer parecía alegre. Durante todo el día. «Alegre como de costumbre.»

–Exacto. Pero ojo: Jennifer pensaba que uno tenía el deber moral de estar alegre. No de «parecer» alegre. De estar alegre.

–Y ¿usted, querido? Usted ha dicho que, al salir del apartamento aquella noche, estaba «desolado». ¿Por qué desolado?

Tiene la cara sin expresión. Pero de pronto la ilumina una especie de humillación divertida. Fugazmente. Cierra los ojos e inclina la cabeza sobre la mano.

–Ahora no... –Se pone de pie, y dice–: Volveremos a mi «desolación» en otra ocasión.

Estamos en el recibidor y me está ayudando a ponerme la chaqueta. Y me toca. Me levanta el pelo y lo retira de debajo del cuello, y me pasa la mano por la espalda. Me siento turbada. Me vuelvo y digo:

–Cuando la gente hace eso... Cuando la gente hace lo que ella ha hecho, hay algo que no hay que olvidar. Para ellos acaba todo. Se evaden. Todo termina para ellos. Pero lo que hacen es «pasar la bola» a los demás.

Me estudia detenidamente unos segundos. Y dice:

–No, no he sentido eso que dice...

–¿Estás bien, cariño?

Le miro con la más tierna de las miradas. Pero me siento acobardada. Con toda sinceridad: ¿puedo siquiera pensar en ser capaz de lograr que Trader deje de pensar en ella un solo instante, o aún menos estar a la altura de Jennifer en algo? Pero si no te gustas a ti misma, en este tipo de momentos, tampoco vas a gustarle a nadie. Aunque puede que mi mirada no fuera tan tierna. Puede que, hoy día, mi mirada más tierna no resulte en realidad tan tierna.

–Sí. ¿Y tú, Mike? Este sitio... –dice, y echa una vaga mirada alrededor–. Me doy cuenta... ¿Has vivido alguna vez con alguien físicamente bello? Físicamente.

–No –digo, sin tener que pensarlo. Sin tener que pensar en Deniss, en Duwain, en Shawn, en Jon.

–Me doy cuenta de la increíble suerte que he tenido... Este sitio... Supongo que este apartamento sigue estando bien. Pero ahora me parece un sitio inhóspito. Un cuchitril. Un cuartucho frío. Un camastro.

Volvía a casa, pues, sin otra cosa en las manos que *El suicidio con sentido*.

Y en sus páginas, contra todo pronóstico (está, como dice Trader, pésimamente escrito, amén de ser pretencioso y mojigato y estar totalmente anticuado), encontraría lo que necesitaba saber.

El recorrido era gélido, el frío alcanzaba el cero absoluto. Pero luego sentí un estremecimiento parecido al que se siente cuando por fin empiezas a entrar en calor.

AHORA YA NO HAY NADA

Llegué a casa a eso de medianoche.

En el cuarto me quedé mirando a Tobe durante largo rato. Lo que el pobre tiene que soportar con ese cuerpo... Lo único que puede hacer en una noche de verano es sentarse y ponerse a ver algún partido en la tele, con una rezumante lata de cerveza en la mano. Hasta dormido sufre. Como las montañas, siempre dolientes a causa de los resbaladizos discos de sus placas tectónicas. El cartílago atrapado entre la corteza y el manto.

Cuando dejé de trabajar en Homicidios y no tenía mucho que hacer durante el día –fuera del lento trabajo de mantenerme sobria–, solía quedarme en vela, por tarde que fuera, hasta que pasaba el tren nocturno. Y luego, el largo sueño. Esperaba despierta hasta que pasaba el tren nocturno causando el pánico en mi vajilla, sacudiendo el suelo bajo mis pies.

Y eso es lo que me dispongo a hacer ahora. Por tarde que llegue.

Mi Mike Hoolihan va a encargarse del asunto.

Y lo hice. Y resolví el caso del crimen de la Noventa y nueve.

Fue un asesinato absolutamente horrible –miserable de verdad–, pero era el típico caso con el que sueña todo poli de homicidios. Un auténtico filón para los periódicos. Un caso acaparador de titulares, políticamente urgente. Lo resolví enseguida, con concentración e instinto.

Se encontró el cuerpo de un bebé varón de quince meses dentro de una nevera de *picnic*, en una zona de recreo público de la Noventa y nueve, cerca de Oxville. Un rastreo del barrio llevó a la policía al mil doscientos y pico de McLellan. Para cuando llegué a la casa, había como un millar de personas acordonadas en la calle, amén de un montón de unidades móviles de los diferentes medios y, arriba en el cielo, todo un Vietnam de helicópteros geoestacionarios de las cadenas de televisión.

Dentro, cinco detectives, dos supervisores de brigada y el

adjunto a Jefatura se preguntaban cómo diablos lograr que todo aquello no degenerara en una revuelta retransmitida en directo. Y mientras tanto interrogaban a una mujer de veintiocho años, LaDonna, y a su novio, un tal DeLeon. Una década atrás, un mes atrás, al contarlo, habría dicho que ella era una portorriqueña y él un negro. Lo cual era verdad. Pero baste decir que eran gente de color. Había también, sentadas en sendas sillas de la cocina, y balanceando los pies enfundados en calcetines blancos, dos calladas chiquillas de trece y catorce años, Sophie y Nancy, hermanas pequeñas de LaDonna. LaDonna afirmaba que se trataba de su bebé y de su nevera portátil.

Es un día como tantos en Oxville: la familia disfruta de una merienda al aire libre (es en enero); el bebé corretea y va alejándose más y más del grupo (con un pañal por todo atuendo) hasta perderse, y al rato empieza la búsqueda en el campo abierto. Infructuosamente. Y la familia vuelve a casa. Y se deja olvidada la nevera. Lo sucedido, según LaDonna, no puede ser más obvio: la criatura acabó volviendo y se metió en la nevera y la tapa se le cerró encima (el cierre encajó solo, con el golpe). Y el bebé murió asfixiado. Sin embargo, el examen inicial del forense –más tarde confirmado por la autopsia– dictamina que el infante había muerto por estrangulamiento. La versión de DeLeon habla de algo un poco más complejo. Cuando se marchaban ya de la zona de recreo, después de abandonar la búsqueda, vieron a unos cabezas rapadas blancos –un grupo de nazis y traficantes de drogas– saltar de una camioneta y dirigirse hacia la zona de campo abierto donde se había visto por última vez al desaparecido.

Estamos allí sentados, escuchando a estos dos genios, pero yo observo a las dos chiquillas. Observo a Sophie y a Nancy. Y de pronto todo se me hace diáfano. Por lo siguiente: desde el cuarto de al lado nos llega el llanto de un bebé. Un bebé acaba de despertarse: tiene el pañal sucio o tiene hambre o se siente solo. LaDonna sigue hablando –no ha dejado de hacerlo ni un segundo–, pero Sophie da un fugaz respingo en la silla y la cara de Nancy, de pronto, se llena de odio. Y lo comprendo todo de inmediato:

LaDonna no es la madre del bebé asesinado. Es su abuela.

Sophie y Nancy no son las hermanas pequeñas de LaDonna, sino sus hijas.

Sophie es la madre del bebé que acaba de despertarse en el cuarto. Nancy es la madre del bebé de la nevera.

Y Sophie es la asesina.

Caso cerrado. Tenemos también el móvil: Nancy, horas antes, le había quitado a Sophie el último pañal de su pequeño.

Aquella tarde, en las noticias de las seis, hablo ante el país entero.

–En este crimen no ha habido conflictos de raza –comunico a 150 millones de telespectadores–. Ni ningún asunto de drogas. –Todos pueden, pues, respirar–. El móvil, en este crimen, ha sido un pañal.

Hay tres cosas que no le he dicho a Trader Faulkner.

No le he dicho que, a mi juicio, la carta de Jennifer no es obra de una mujer sometida a una tensión insostenible. He visto centenares de notas de suicidio. Y todas tienen rasgos comunes. Expresan inseguridad, y son desabridas, secas. «Serzone, depecote, tegretol... Suenan a actitudes morales.» En los momentos terminales de su vida, todos los suicidas alimentan parecidos pensamientos de autolaceración. Los suicidas, en sus notas, podrán tratar de consolar o podrán lamentarse amargamente, podrán humillarse o podrán jactarse, pero jamás tratarán de «entretener» a nadie.

No le he dicho a Trader que, cuando se padece un trastorno afectivo o emocional, el apetito sexual decae drásticamente. Ni he añadido que, cuando el trastorno es de ideación, u orgánico, invariablemente desaparece. A menos que el trastorno sea en sí mismo sexual. En cuyo caso siempre sería, de un modo u otro, perceptible.

No le he dicho nada a Trader sobre Arn Debs. No porque no me atreviera, sino porque nunca creí en Arn Debs. No creí en Arn Debs ni una décima de segundo.

Son la dos menos cuarto de la madrugada.

Pensamientos al azar:

El homicidio no puede cambiar. Puede evolucionar. No puede cambiar. No puede «desplazarse» a ninguna parte.

Pero ¿y el suicidio? ¿Qué sucedería si en el suicidio pudiera darse el cambio?

El homicidio puede evolucionar en el sentido de incrementar su disparidad (nuevas modalidades de homicidio).

Disparidad al alza:

En cierta ocasión, en los años cincuenta, un hombre inauguró una nueva modalidad de homicidio. Colocó e hizo estallar una bomba en un avión comercial. Para matar a su mujer.

Un hombre puede derribar –quizá lo haya hecho ya– un 747 para matar a su mujer.

Un terrorista arrasa una ciudad con una bomba de hidrógeno portátil. Para matar a su mujer.

El presidente hace que estalle una guerra termonuclear. Para matar a su mujer.

Disparidad a la baja:

A todo poli norteamericano le resulta familiar el extremo salvajismo doméstico del día de Navidad. En Navidad, todo el mundo coincide en el hogar. Y la cosa acaba en desastre...

Nosotros los llamamos homicidios de «¿estrella o hada?»: la gente se pone a discutir sobre qué diablos poner en lo alto del árbol de Navidad. Citemos otro ejemplo: la gente se apuñala mortalmente tras discutir por cómo trinchar el pavo.

Y se asesina por un pañal.

Imaginemos un asesinato por un imperdible.

Un asesinato por un buche de leche rancia.

Pero la gente ha matado incluso por menos que eso. La disparidad a la baja ha sido ya «sondada»: rastreada con sonar y «diseccionada». La gente ha matado incluso por nada. Se ha tomado la molestia de cruzar la calle para matar por nada.

Luego están los «copiones», los tipos que copian lo que ven en la tele, o a algún otro tipo, o a algún otro tipo que ha copiado lo que ha visto en la tele. Creo que los copiones son tan viejos como Homero, más viejos; más viejos que la primera historia pintarrajeada con mierda en la pared de una caverna. Son anteriores a las historias al amor de la lumbre, anteriores al fuego.

En el suicidio también se dan los «copiones». Sí, señor. Lo llaman el «efecto Werther». El nombre viene de una melancólica novela alemana, prohibida luego durante un tiempo a raíz de la estela de suicidios de jóvenes que venía desencadenándose en la Europa del siglo XVIII. Veo lo mismo aquí en las calles: un gilipollas de bajista se ahoga en su propio vómito (o se fríe con su amplificador) y de repente el suicidio se extiende por toda la ciudad.

Existe la angustia recurrente, generación tras generación, de que el estallido de una *shoah*[1] de suicidios barrerá a los jóvenes de la faz de la tierra. Es como si todo el mundo estuviera suicidándose. Y el fenómeno acaba remitiendo. La «imita-

1. *Shoah:* holocausto. *(N. del T.)*

ción» es un precipitante más fuerte que la causa. No hace sino dar forma a algo que sucederá de todas formas.

El suicidio no ha cambiado. Pero ¿y si cambiara? El homicidio ha prescindido del porqué. Se dan homicidios gratuitos. Pero uno no se...

Son las dos y media de la madrugada y el teléfono está sonando. Supongo que para una persona normal eso supondrá un auténtico trastorno, o incluso una especie de catástrofe. Pero yo levanto el auricular como si estuviera sonando poco después del mediodía.

–¿Sí?

–Mike. ¿Sigues levantada? Tengo otra hipótesis para ti.

–Sí, Trader. Sigo levantada. ¿Vamos a volver ahora a tu «desolación»?

–Considéralo un preámbulo de lo de mi «desolación». Tengo otra hipótesis para ti. ¿Estás lista?

Su voz no suena oscura: suena como ralentizada, como a unas 33 revoluciones por minuto.

–Espera un segundo... Estoy lista.

–Hay un cartero viudo que ha trabajado toda su vida en una ciudad pequeña. Una ciudad pequeña de condiciones climáticas extremas. Su jubilación está próxima. Una noche se queda hasta altas horas redactando una nota de emocionado adiós a la comunidad. En la que dice cosas como las siguientes: «Os he servido en la lluvia y el hielo, en el trueno y el sol, bajo el relámpago, bajo el arco iris...» La manda imprimir. Y en su penúltimo día deja una copia en cada buzón de su ruta.

»La mañana siguiente es fría y desapacible. Pero la respuesta es enormemente cálida. Le invitan a un café aquí, a un trozo de pastel allá. Rechaza las modestas gratificaciones económicas que le ofrecen. Da apretones de mano, sigue su camino. Un tanto decepcionado, tal vez, por el escaso eco que la... calidad de su nota parece haber suscitado. Por la calidad de su poesía, Mike.

»La última puerta a la que llama es la de un abogado de Hollywood y su jovencísima esposa de diecinueve años. Una chica preciosa, imponente, de ojos muy francos y abiertos, que tiempo atrás ha trabajado en una tienda de sombreros y complementos. El cartero llama al timbre y ella sale a recibirle.

»–Usted es el hombre que ha escrito esa nota. Lo del trueno y el sol radiante. Pase, por favor, señor.

»En el comedor hay una mesa repleta de exquisitos manjares y vinos. La chica explica que su marido se acaba de marchar a Florida a jugar al golf. ¿Le apetecería quedarse a comer? Tras el café y los licores le coge de la mano y le conduce hasta una alfombra blanca que hay frente al espléndido fuego de la chimenea. Hacen el amor durante tres horas seguidas. A la luz ámbar de la sala, Mike. El cartero no puede dar crédito a esa pasión. A esa fuerza. ¿Ha sido su poesía la que ha movido tan intensamente a esa mujer joven? ¿Ha sido el arco iris? Piensa que, pase lo que pase, ella seguirá siendo *suya* de por vida.

»Se viste en un estado de aturdimiento. Enfundada en una vaporosa bata, la chica le acompaña hasta la puerta principal. Y al llegar alarga la mano hasta el bolso que hay encima de la mesita del vestíbulo. Y le tiende un billete de cinco dólares.

»Y él dice:

»–¿Para qué es esto? Perdona, pero no entiendo.

»Y ella dice:

»–Ayer por la mañana, en el desayuno, le leí tu nota a mi marido. Lo del hielo y la lluvia y el relámpago. Y dije: "¿Qué diablos se supone que debo hacer con este hombre?" Y él me dijo: "Fóllatelo, y dale cinco dólares." Lo de la comida ha sido idea mía.

Ensayé una especie de risa.

—No lo has cogido.

—Te equivocas. Lo he cogido. Pero ella te amaba, Trader. Estoy segura.

—Sí, pero no lo suficiente para quedarse. Muy bien. Ahora volvamos a mi «desolación». Te pido disculpas por anticipado. Porque no te va a servir de nada.

—Volvamos, de todas formas.

—Pasábamos los domingos por la noche separados. Así que siempre nos apetecía irnos a la cama por la tarde, antes de marcharme. Es lo que hacíamos todos los domingos. Y es lo que hicimos el cuatro de marzo. Me gustaría poder decir, me gustaría de veras poder decir que aquella vez fue diferente. Que aquel domingo, durante el acto del amor, ella «dejó de estar allí» o «desapareció». O algo por el estilo. Podríamos inventarnos algo al respecto. Tú y yo. ¿No te parece? Hacer que ella dijera, por ejemplo: «No me dejes embarazada.» Pero no fue así. Fue exactamente igual que siempre. Me tomé una cerveza. Le dije adiós. ¿Por qué mi «desolación», entonces?

Ahora su voz suena como mi grabadora cuando está a punto de quedarse sin pilas. Me enciendo un pitillo y aguardo.

—Muy bien. Mientras bajaba por las escaleras me piso un cordón de los zapatos. Me agacho a atármelo, y el cordón se rompe. Y, encima, se me engancha un padrastro en el calcetín. Y cuando estoy saliendo por la puerta lateral me rasgo un bolsillo de la chaqueta con la manilla... Ahí tienes. Por eso, al poner el pie en la calle, me siento lógicamente «desolado». Mike, tenía un ánimo «suicida».

Siento ganas de decir: Voy para allá.

—«Fóllatelo, y dale cinco dólares.» Me pareció bastante gracioso cuando lo oí por primera vez. Ahora me hace reír a carcajadas.

Siento ganas de decir: Voy para allá enseguida.

—Oh, Dios... No lo entendí, Mike.

De mi lista con el encabezamiento «Acicates y Precipitantes» ahora ya no queda gran cosa. Para mantenerme tranquilamente entretenida, pienso en confeccionar otra lista, que más o menos sería como sigue:

Astrofísica	Confiscación de Activos
Trader	Tobe
Coronel Tom	Papá
Bella	

Pero ¿de qué me va a servir hacerla? *Zugts afen mir!*, ¿no? Todos deberíamos tener esa gran suerte. Y sin embargo no la tenemos, y aquí seguimos.

«Acicates y Precipitantes.» ¿Qué nos queda? Tenemos: 7. ¿Otras personas de importancia? Y tenemos: 5. ¿Salud mental? Naturaleza del trastorno: *a)* ¿psicológico? *b)* ¿de ideación, orgánico? *c)* ¿metafísico?

Tacho la 7. Tacho a Arn Debs.

Y tacho la 5 *a)*. Después de pensarlo un rato tacho la 5 *c)*. Y finalmente mi cabeza, de repente, asiente, y tacho la 5 *b)*. Sí, tacho también la 5 *b)*.

Ahora ya no hay nada.

Son las tres y veinticinco de la madrugada cuando caigo en la cuenta. Ayer fue domingo. El tren nocturno habrá pasado hace unas horas. Hace ya unas horas que el tren nocturno ha pasado y se ha alejado.

La noche en que murió Jennifer Rockwell, el cielo estaba claro y la visibilidad era excelente.

Pero la «visión»... –la *visión*, la *visión*...– no era en absoluto buena.

Tercera parte

La visión

Ahí es donde lo sentí por primera vez: en las axilas. El cuatro de marzo Jennifer Rockwell desaparecía de este mundo con dos disparos en la cabeza. Y ahí es donde yo sentí los fogonazos: en las axilas.

Me he despertado tarde. Y sola. Bueno, no totalmente. Tobe se había ido hacía rato. Pero había alguien en el cuarto..., alguien que se estaba yendo en ese mismo instante.

A la mañana siguiente de su muerte, Jennifer estuvo en mi cuarto. Permaneció quieta al pie de mi cama hasta que abrí los ojos. Y entonces, claro está, desapareció. Volvió al día siguiente, pero más tenue. Y siguió volviendo, siempre más tenue. Pero esta mañana ha vuelto con toda su fuerza original. ¿Es por eso por lo que los padres de los niños muertos se pasan años y años durmiendo en cuartos oscuros? ¿Esperan que los fantasmas de sus pequeños muertos vuelvan con toda su fuerza original?

Pero esa vez no se limitó a quedarse allí quieta. Se pasó varias horas yendo de un lado a otro, recorriendo el cuarto con paso vivo, encorvada, tambaleándose. Me dio la impresión de que el fantasma de Jennifer tenía ganas de vomitar.

Trader tenía razón: *El suicidio con sentido* no tenía mucho sentido. En ningún sentido, suicidio incluido. Pero me dijo lo que necesitaba saber. No me lo dijo el autor. Me lo dijo Jennifer.

En los márgenes del libro Jennifer había hecho ciertas anotaciones: signos de interrogación, signos de admiración, líneas verticales (unas muy rectas, otras no tanto...). Había marcado pasajes de auténtico interés, cosas que le hubieran chocado a cualquiera que fuera nuevo en ese campo, como que cuanto mayor era la ciudad, mayor era la tasa de suicidios. Había otros pasajes que no podía haberlos subrayado sino por su banalidad. Por ejemplo: «Muchos jóvenes, tristemente, se matan en época de exámenes.» O: «Cuando te encuentres con una persona deprimida, dile cosas como ésta: "Te veo un poco bajo de ánimo", o "¿No te van bien las cosas?". O: "En la aflicción, hazte mejor, no más amargado."» Cosas de este tipo. Haz esto y lo otro.

Trader había llamado hacía rato, y yo seguía levantada, anonadada ante lo que estaba leyendo en aquel libro (lo desdichado que era el suicidio para todos los implicados en él, etc...). Y entonces vi el siguiente pasaje, marcado con una doble interrogación por la mano de Jennifer. Y sentí la ignición, como si alguien hubiera encendido una cerilla. La sentí en las axilas.

Es parte del patrón: prácticamente todos los estudios conocidos revelan que la persona que se suicida deja avisos y pistas sobre sus intenciones.

Parte del patrón. Avisos. Pistas. Jennifer dejó *pistas*. Era hija de policía.

Eso sí importaba.

154

El otro cabo me ha venido esta mañana cuando revolvía los armarios de la cocina en busca de un paquete de Sweet «N» Low.[1] Me he sorprendido mirando fija y obtusamente las botellas de lo que suele beber Tobe. Y en respuesta he sentido que el hígado se me alborotaba, como si quisiera excretar algo. Y he pensado: Un momento. Un cuerpo tiene un interior y un exterior. Incluso el de Jennifer. Especialmente el de Jennifer. Al que hemos dedicado todos tanto tiempo. Es el cuerpo..., es el cuerpo que Miriam llevó en su seno, que el coronel Tom protegió, que Trader Faulkner acarició, que Hi Tulkinghorn cuidó, que Paulie No diseccionó. Dios, ¿es que no sé nada de cuerpos? ¿Es que no sé nada del alcohol..., no sé nada del Sweet «N» Low?

Tú le haces algo al cuerpo, y el cuerpo te hace algo a ti.

A mediodía llamo a la Secretaría de la CSU, doy el nombre y el año de licenciatura, y digo:

–Se lo deletreo: T-r-o-u-n-c-e. Nombre de pila: Phyllida. ¿Qué dirección tienen ustedes?

–Un momento, señor.

–Oiga, nada de «señor», ¿me entiende?

–Lo siento, señora. Un momento. Tenemos una dirección de Seattle. Y otra en Vancouver.

–¿Eso es todo?

–La de Seattle es más reciente. ¿La quiere?

–No. Phyllida ha vuelto a la ciudad –digo–. ¿Puede decirme el nombre de su tutora? Deletréemelo, por favor.

Le paso estos datos a Silvera inmediatamente.

Luego llamo por teléfono a Paulie No, el «cortador» del estado. Le pregunto si podemos vernos a tomar una copa esta

---

1. Edulcorante muy utilizado en Estados Unidos. *(N. del T.)*

tarde, a las seis. ¿Dónde? Qué coño: en el Decoy Room del Mallard.

Luego llamo al coronel Tom. Le digo que voy a decirle algo. Esta noche.

A partir de ahora, al menos, ya no voy a hacer más preguntas. Salvo las que estaban exigiendo una respuesta concreta. No voy a hacer más preguntas.

Phyllida Trounce había vuelto a la ciudad. O a los suburbios: a Moon Park. Phyllida no ha tenido mucho que ver en este asunto. Pero, mientras cruzo el río en el coche y me dirijo hacia Hillside, siento una gran falta de tolerancia en mí. Pienso: Si esta tía no estuviera tan loca podríamos haber solventado el jodido asunto por teléfono. ¿Falta de tolerancia, o simplemente una terrible impaciencia por cerrar de una vez por todas este caso? La loca vive en otro país, en Canadá. Pero ha vuelto a la ciudad. Y los cuerdos odian a los locos. Jennifer también odiaba a los locos. Porque Jennifer estaba cuerda.

Phyllida, por teléfono, se ha esforzado por darme indicaciones. Y la pobre se ha perdido. Pero yo no me he perdido. Nací en Moon Park. Y crecí en la peor de sus zonas: Crackertown. Esto: casuchas de madera con chamizos anexos en forma de A, o cobertizos de ladrillo de ceniza con ventanas de cartón. Todo ello salpicado de detritos de la vida contemporánea: plástico aguado de muebles de jardín, de marcos de ventanas, de piscinas infantiles, montones y montones de coches medio desguazados con hordas de niños enredando en sus entrañas... Aminoré la marcha al pasar por mi antigua casa. Todos los míos habíamos salido de ella, pero mi miedo seguía morando allí, en el hueco de los cables eléctricos y las tuberías, bajo el piso...

Phyllida y su madrastra vivían en la zona de Crescent, donde las casas son más grandes, más antiguas, más fantasmales. Un recuerdo: de niña, en Halloween, mis amigas y yo teníamos que azuzarnos mutuamente para atrevernos a ir a Crescent. Y yo iba la primera. Con la máscara de un horrible espíritu necrófago en la cara, tocaba la aldaba de una casa y, minutos después, una mano nudosa asomaba por la puerta y dejaba caer sobre el felpudo una bolsita de chucherías de diez centavos.

Ha llovido, y la casa está en una suave pendiente.

–Usted y Jennifer fueron compañeras de cuarto en la facultad, ¿no es cierto?

–... En una casa. Con otras dos chicas. Una tercera chica..., y una cuarta...

–Y entonces usted se puso enferma, ¿no, Phyllida? Pero aguantó hasta licenciarse.

–... Aguanté, sí.

–Y luego perdieron el contacto.

–... Nos escribimos durante un tiempo... No soy una persona que viaje mucho...

–Pero Jennifer vino a verla aquí, ¿verdad, Phyllida? La semana antes de su muerte.

Pongo unos puntos suspensivos, sí, pero se necesitarían muchos más de tres para dar una idea de la morosidad de las pausas de Phyllida (era como en las llamadas internacionales de hace diez o quince años –si hacemos abstracción del eco–, con aquel desfase que te hacía empezar a repetir la pregunta justo cuando la respuesta empezaba por fin a llegarte.) Pero ahora me dedico a mí misma ese encogimiento de hombros de los polis, y pienso: Sé exactamente por qué se mató Jennifer: porque puso el pie en este puto tugurio. Se mató por eso.

–Sí –dice Phyllida–. El jueves antes de su muerte.

La sala está toda tapizada de polvo, pero hace frío. Philli-da está sentada en su silla como una fotografía de tamaño natural. Está como en la fotografía del apartamento de Jenni-fer. Idéntica, sólo que con aspecto más marginal. Derecha, delgada, de frágil pelo castaño sobre una mirada que no se adentraba ni un palmo en nuestro mundo. En la sala hay también un tipo de unos treinta años, rubio, de bigote ralo, que no dice ni media palabra ni mira hacia mí en ningún momento. Se limita a atender al zumbido de los auriculares que lleva puestos. Su semblante no ofrece la menor «pista» del tipo de música que está escuchando. Puede ser perfecta-mente *heavy metal*. Puede ser perfectamente «Aprenda por sí mismo francés». Hay una tercera persona en la casa. La ma-drastra. No logro llegar a verla, pero la oigo. Tropezando contra todas partes en la habitación del fondo, y lamentán-dose, con infinita fatiga, cada vez que se materializa ante ella un nuevo obstáculo.

–¿Se quedó mucho rato Jennifer?

–Diez minutos.

–Phyllida, usted es maníaco-depresiva, ¿no es eso?

Pienso que mis ojos son brutales al decirlo, pero ella asiente con la cabeza y sonríe.

–Pero ahora está usted bajo control, ¿verdad, Phyllida?

Asiente con la cabeza y sonríe.

Sí: una pastilla de más y entra en coma; una pastilla de menos y va y se compra un avión. Dios, la pobre diablo..., hasta los dientes los tiene locos. Hasta las encías.

–Lleva la cuenta de las pastillas, ¿verdad, Phyllida? Y tiene la lista de las que toma. Seguramente tendrá también una de esas cajitas amarillas con los compartimentos de las horas y las dosis.

Asiente con la cabeza.

–Hágame un favor, Phyllida. Vaya a contar las pastillas y dígame cuántas le faltan. De los «estabilizadores». Del tegretol o lo que sea...

Mientras se va a hacer lo que le pido atiendo al zumbido tenaz de los auriculares de aquel tipo. Un zumbido de insecto..., la música de la psicosis. Escucho también a la mujer de la habitación del fondo. Tropieza y gime... Con un cansancio difícil de olvidar..., con un cansancio indeleble. Y digo en alta voz:

–¿También ella se volvió loca? Dios santo, estoy rodeada.

Me pongo de pie y voy hasta la ventana. Pim, pim, canta la lluvia. Y es entonces cuando me hago una promesa, una promesa que sólo unos pocos podrían entender. La madrastra sigue tropezando y gimiendo, tropezando y gimiendo...

Phyllida vuelve como flotando por el pasillo, como un fantasma. Me dirijo hacia la puerta. Phillyda no ha tenido mucho que ver en este asunto. No ha sido más que el «contacto».

–¿Cuántas? –le pregunto de lejos–. ¿Cinco? ¿Seis?

–Creo que seis.

Y, sin más, me voy.

Deprisa, rápido... Porque verás: aquí es donde entramos nosotros. Son las cinco de la tarde del uno de abril, y dentro de una hora me reuniré con Paulie No. Le haré dos preguntas. Él me dará dos respuestas. Y se acabó. Caso cerrado. Y de nuevo me pregunto: ¿Será el caso? ¿Será la realidad, o seré yo? ¿Será sólo Mike Hoolihan?

Trader dice que es como desear que la pelota sea buena en un partido. Hasta te engañan los ojos. Crees que ha sido buena porque lo deseas intensamente. Y lo deseas tan intensamente que de hecho *ves* que ha sido buena. Está en todo orden del día: ganar, vencer. Y te engaña hasta la vista.

Cuando trabajaba en Homicidios a veces era como en la tele. Pero mal. Como si un memo viera una película de crímenes (¿basada en un hecho real?) y la pusiera en práctica al revés. Como si la tele fuera el maestro de criminales que proporcionara a los sonámbulos mortales todo un arsenal de maquinaciones. Piensas: Esto es «salsa de tomate». Salsa ketchup de un envase de plástico todo reseco alrededor de la abertura.

Estoy cogiendo un nudo fuerte y compacto y lo estoy dejando reducido a un amasijo de cabos sueltos. Y ¿por qué habría de verlo así si no fuera realmente así? Es lo último que podría desear. Así, no gano. Así, no triunfo.

Pero vayamos con el ketchup..., con el ketchup «de procedimiento» de las preguntas y los números y los testimonios de los expertos. Luego podremos probar el *noir*. Aún puede que me equivoque.

Aquí es donde entramos nosotros.

Por teléfono había dicho que invitaba yo, pero cuando de pie en la barra del salón Decoy nos vemos ante aquella auténtica empalizada de botellas allá enfrente, Paulie No alisa un billete de veinte dólares sobre la barra y dice:

¿Con qué quieres envenenarte?

Y yo digo: Con agua de Seltz.

En su voz hay una leve cadencia, y sus ojos velados por pliegues miran hacia abajo. Como sin duda se ha dado cuenta de que en este momento no estoy trabajando para el CID, parece pensar que esto es algo que equivale a una cita «personal». Lo cual me choca, porque siempre he pensado que era marica. Como casi todos los patólogos que hayas conocido en tu vida. Bien mirado –parece pensar– todo el mundo tiene un «polvo».

Hablamos de golf y de béisbol y de si los Traficantes podrán con los Violadores el sábado que viene, o cuando sea, y al cabo digo:

Paulie. Esta conversación nunca ha tenido lugar, ¿de acuerdo?

... ¿Qué conversación?

Gracias, Paulie. Paulie... Le hiciste la autopsia a la hija de Rockwell, ¿te acuerdas?

Por supuesto. Todos los días deberían ser como ése.

Mucho mejor que los fiambres reventados, ¿eh, Paulie?

Y mucho mejor que los que sacan del agua. Oye, ¿vamos a hablar de cadáveres? ¿O de carne viva y coleando?

Paulie habla un perfecto inglés norteamericano, pero parece el sobrino de Fu Manchú. Me quedo mirando su bigote, que es lustroso pero desigual, descuidado y ralo. Dios, es como el tipo de los auriculares de casa de Phyllida. Quiero decir que es de cajón, ¿no?: ¿qué necesidad había de bigote si ninguno de los dos *ha tenido nunca lugar*? Paulie tiene las manos limpias, hinchadas, grises. Como las de cualquier lavaplatos de la cocina de un restaurante. Me felicito a mí misma. Soy de carne y hueso; no soy pellejo y hielo: aún se me pone la carne de gallina cuando estoy cerca de Paul No, un «cortador» del estado que ama su trabajo. Pero a cada rato me estremece pensar en lo encallecida que me he vuelto.

–La noche es joven, Paulie. Eric, otra cerveza para el doctor No...

–Con los suicidas, ¿sabes lo que solían hacer en otros tiempos?

–¿Qué, Paulie?

–Diseccionar su cerebro en busca de lesiones específicas. Lesiones de suicida. ¿Causadas por...?

–Dímelo tú.

–La masturbación.

–Muy interesante. Pero esto también es interesante: hay

161

un informe toxicológico sobre la hija de Rockwell que tú no has visto.

—¿Por qué tendría que haberlo visto?

—Bueno, porque el coronel Tom lo tiene guardado bajo llave.

—Mmm... ¿Y qué es? ¿Marihuana? —Luego, exagerando un terror fingido, añade—: *¿Cocaína?*

—Litio.

Todos, en mayor o menor medida, nos creímos lo del litio. Todos nos lo tragamos. El coronel Tom, porque está desquiciado. Hi Tulkinghorn, porque cada día es más pequeño y mezquino y se encierra más en sí mismo. Trader..., porque ha creído las palabras últimas de Jennifer. Porque ha sentido el peso especial que tienen, como testimonio, las últimas palabras. Y yo también me lo tragué. Porque si no...

—¿Litio? —dice Paulie—. Imposible. ¿Litio? Nada de eso.

Henos aquí en la sala Decoy del Mallard, el día uno de abril, día de los Inocentes. Pero estoy segura de que no ha sido una humorada de Jennifer. Ha sido el mundo, con su torpeza. En el centro de la sala, además, el pianista de aire somnoliento, sentado al piano blanco de media cola... Permítaseme rehacer la frase entera: Sobre el piano blanco de media cola, el pianista de la larga cabellera está tocando *Tren nocturno*. Precisamente. Al estilo Oscar Peterson, pero con gorjeos y adornos. No con pasión y fuerza. Hago girar la cabeza ciento ochenta grados y espero ver, a horcajadas sobre el taburete de al lado, los muslos prietos y rotundos de Arn Debs. Pero lo que veo es un puñado de bebedores de lunes por la noche, y señuelos y más señuelos de cazar patos, y la empalizada de botellas de la pared y la línea de espuma en el bigote de Paulie...

Digo: Bien, pues dime lo que le pasaría a alguien que se metiera esa mierda dentro del cuerpo durante un tiempo. Un año, por ejemplo. ¿Qué verías en la autopsia?

Dice: Oh, seguro que encontrarías síntomas de daños renales. No haría falta más que un mes. No hay ninguna duda.

Digo: ¿Qué tipo de síntomas?

Dice: Túbulos distales donde la sal fue reabsorbida. La tiroides, además, funcionaría mal y se habría agrandado.

Digo: ¿Y la hija de Rockwell?

Dice: De ninguna manera. Su árbol orgánico era «de libro». ¿Sus riñones? Perfectos. No, señor. Esa chica era..., era un dechado de salud.

—Paulie, jamás hemos tenido esta conversación.

—Ya, ya.

—Creo que vas a cumplir tu promesa, Paulie. Siempre me has gustado y siempre he confiado en ti.

—¿Sí? Pues yo siempre he creído que tenías algo contra los «ojos rasgados».

—¿Yo? No, en absoluto —digo. Y soy sincera. No tengo la menor idea de lo que estoy sintiendo en este momento. Punzadas aleatorias de amor y odio. Mezcladas. Pero le dedico el encogimiento de hombros de los polis y digo—: No, Paulie. Pero parecías siempre tan absorto en tu trabajo...

—Eso es verdad.

—Ha estado bien, y lo vamos a repetir muy pronto. Pero siempre que nuestro buen entendimiento siga en pie. Así que mantén la boca cerrada sobre Jennifer Rockwell. O el coronel Tom te pondrá de patitas en la calle. Créeme, Paul. No volverías a «cortar» en Battery and Jefferson. Te pondrían a fregar suelos en el Descanso Final. Pero confío en ti: sé que mantendrás la promesa que me has hecho. Y por eso mereces mi respeto.

—Tómate otra, Mike.

—La espuela —digo.

Y siento un enorme alivio cuando añado:

—Una agua de Seltz. Sí, claro, ¿por qué no?

Tobe está asistiendo a un torneo de videojuegos y no volverá a casa hasta las once. Ahora son las nueve. A las diez he quedado en hablar con el coronel Tom por teléfono. La cosa, por teléfono, tiene que funcionar. Estoy sentada en la mesa de la cocina con el cuaderno de notas, la grabadora y el ordenador. Llevo puestos los pantalones de golf nuevos, con el gran logotipo dorado, y una camiseta blanca de los Brooks Brothers. Y estoy pensando... Oh, Jennifer, chica mala...

Tengo una cita telefónica con el coronel Tom porque no sería capaz de hacerlo cara a cara. Por varias razones. Una de ellas es que el coronel Tom siempre sabe cuándo no digo la verdad. Me diría: «Mírame a los ojos, Mike...», como un padre. Y no sería capaz de hacerlo.

En el *Times* de hoy aparece un artículo sobre un trastorno mental recientemente tipificado: el síndrome del Paraíso. Pienso: No busques más. Eso es lo que tenía Jennifer. Es un trastorno por el que ciertos multimillonarios ignorantes –estrellas de los seriales de la tele, y del rock, y de los deportes– consiguen «montarse» ciertas penas de las que lamentarse. Ciertos cepos..., ciertas trampas en el paraíso. *Zugts afen mir!* Que lo digan de mí. Miro a mi alrededor: los gigantescos montones de revistas de informática, el polvo de mis felicitaciones enmarcadas... Nada del otro mundo en el hábitat de media tonelada de humanidad desastrada y puerca. Nada parecido al síndrome del Paraíso. No hay miedo de que se contraiga tal trastorno en esta casa. En el *Times* veo también el seguimiento informativo y un editorial sobre esos microbios de la roca marciana. Una simple mancha de un semen de tres mil millones de años atrás, y todo el mundo se pone a decir de pronto: «No estamos solos.»

Yo personalmente no creo que el trabajo de Jennifer –su afición primera, su vocación– tuviera mucho que ver con nada de esto, salvo que agudizó las cosas. Y con esto quiero decir algo parecido a lo siguiente: el desfase intelectual entre Jennifer y LaDonna, entre Jennifer y De-Leon, entre Jennifer y la chiquilla de trece años que asesinó a un bebé por un pañal..., seguro que es inmenso, pero podría estrecharse si pensáramos más asiduamente en el universo. De forma semejante, Trader era «el amante más tierno del planeta»..., pero ¿cuánta ternura es ésa? Miriam era la más dulce de las madres..., pero ¿cuánta dulzura es ésa? Y el coronel Tom era el más amoroso de los padres..., pero ¿cuánto amor es ése? Jennifer era bella, pero ¿cómo de bella? Y pensemos, de todas formas, en la cara humana, con sus estúpidas orejas, sus brotes pilosos, sus insensatos y absurdos agujeros de las narices, la humedad de sus ojos y de su boca, donde crecen unos huesos blancos...

En los estudios sobre el suicidio solía formularse una regla categórica que decía lo siguiente: «Cuanto más violento es el modo elegido, mayor es el exabrupto dirigido a los vivos.» Mayor es el grito: *¡Mirad lo que me habéis hecho hacer!* Si el suicida deja su cuerpo entero, intacto, y queda como remedando un sueño, se considera que no es tan fiero su reproche a los que quedan atrás. (¿Quedan atrás? ¡Nada de eso! Ellos se detienen. Nosotros seguimos. Ellos, los *muertos*, son los que quedan atrás...) Pero yo jamás me he creído eso. La mujer que se corta la garganta con un cuchillo de trinchar eléctrico..., ¿alguien quiere convencerme de que va a detenerse a pensar un solo segundo en los demás? Pero... tres disparos...: lo más opuesto a tres palabras de consuelo. Qué razonamiento... Qué... sublimidad. Qué hielo. Hirió a los vivos: una razón más para odiarla. Y tampoco le importó un pimiento que todo el mundo la recordase como una puta demente más. Todo el mundo menos yo.

Injusto. Era hija de un policía; su padre mandaba a tres mil hombres sujetos a un juramento. Sabía que su padre seguiría su rastro. Y creo que sabía también que yo participaría de algún modo en tal pesquisa. No me cabe duda. ¿Quién si no? Si no era yo, ¿quién sería? ¿Quién? ¿Tony Silvera? ¿Oltan O'Boye? ¿Quién? Al acercarse a la muerte se ajustó a un patrón (la locura) que —pensó— serviría de consuelo a los vivos. Un patrón: algo visto antes innumerables veces. Jennifer dejó pistas. Pero sus pistas eran todas cortinas de humo. ¿El desbaratado algoritmo de Bax Denziger? Una cortina de humo (y una broma, además, que decía algo así como: No afiles tu hacha contra el universo. Yo afilo la mía contra la madre tierra). ¿Los cuadros que compró? Otra cortina de humo..., una inocua ocurrencia de última hora. El litio era también otra cortina de humo. Arn Debs era otra cortina de humo. Dios, un tipo como Arn Debs... Durante días he odiado a Jennifer por lo de Arn Debs. La he detestado, la he despreciado. He odiado que pensara que me «tragaría» lo de Arn Debs..., que pensara que Arn Debs serviría a su propósito, siquiera como señuelo. Pero vamos a ver, mierda... ¿Con qué clase de tipos me había visto salir Jennifer? Desde que tenía ocho años me había visto colgada del brazo de tipos que odiaban a las mujeres, de tipos que pegaban a las mujeres. Yo con mi ojo morado, Duwain con el suyo. Deniss y yo, de la mano y cojeando, camino de la cola de Urgencias. Esos tipos no me vapuleaban y ya está. No, señor: teníamos peleas que duraban media hora. Jennifer debió de pensar que el negro y el azul eran mis colores preferidos. ¿Qué se iba a esperar de Mike Hoolihan, una mujer que fue desvirgada por su propio padre? Seguro que me gustaba Arn Debs. ¿Y, siendo una jodida imbécil, por qué no me iba a figurar que también le había gustado a ella? ¿Es que Jennifer jamás vio inteligencia alguna en mí? Porque si a mí me quitan la inteligencia, si me quitan la inteligencia de la cara, no me dejan con gran cosa.

Ajustas la radio y oyes ese graznido que a nadie le gusta escuchar: *comprobad ese tufillo sospechoso*. Yo he comprobado tufillos sospechosos. ¿Sospechosos? Nada de eso. Crímenes palmarios. La fulminante química de la muerte en el planeta de los retrasados mentales. He visto cuerpos, cadáveres, en depósitos de paredes de azulejo, en bloques de viviendas-celdas, en calabozos de barrio, en maleteros de coches, en huecos de escaleras en obras, en embarcaderos, en zonas de maniobra de tractores y tráilers, en casas en hilera arrasadas por las llamas, en restaurantuchos de comida para llevar, en callejones transversales, en los huecos de los cables eléctricos y las tuberías de las casas, y jamás he visto ninguno que quedara en mí del modo en que ha quedado el cuerpo de Jennifer Rockwell, apoyado y desnudo tras el acto del amor y de la vida, diciendo «hasta esto, todo esto, lo dejo atrás...».

Un recuerdo repentino. Dios, ¿de dónde me viene *esto?* Una vez vi a Phyllida Trounce. En los viejos tiempos, me refiero. En casa de los Rockwell. Estaba sudorosa entre las mantas, y en un momento dado me volví sobre un costado y me puse a manosear el pestillo de la ventana. Y allí estaba, como a un metro de distancia, mirándome fijamente. En vela. Nos miramos. Nada memorable. Dos fantasmas que se decían: «Hola, tía...»

Phillida Trounce aún sigue caminando. La madrastra de Phyllida sigue caminando, tropezando, lamentándose. Todos seguimos caminando, ¿no es cierto? Seguimos empeñándonos, insistiendo, durmiendo, despertando, agachándonos en retretes, encogiéndonos en coches, conduciendo, conduciendo, conduciendo, aguantando, haciendo de tripas corazón, haciendo mejoras en la casa y pagando letras, esperando, haciendo cola, hurgando en el bolso en busca de las llaves.

¿Alguna vez has tenido ese sentimiento infantil, con el sol en la cara salada y el helado derritiéndose en tu boca, el sentimiento pueril de que tienes ganas de cancelar la felicidad terrena, de rechazarla como falsa? No sé. Eso pertenece al pasado. Y a veces pienso que Jennifer Rockwell vino del futuro.

Las diez en punto. Lo grabaré y luego lo transcribiré.

No tengo nada que decirle al coronel Tom; nada más que mentiras: las mentiras de Jennifer.

¿Qué más puedo decirle?

Señor, su hija no tenía ningún móvil. Sólo tenía «patrones». Pautas muy elevadas. Y nosotros no supimos estar a su altura.

En la sala Decoy, con Paulie No, cuando pedí la segunda agua de Seltz..., fue un momento dulce de verdad. El momento de un aplazamiento. Que sabe mucho más dulce que lo que ahora estoy gustando.

Lo grabaré y luego lo transcribiré.

Oh, padre...

¿Coronel Tom? Soy Mike.

Hola, Mike. Escucha, ¿estás segura de que quieres que lo hagamos por teléfono?

Coronel Tom, ¿qué puedo decirle? La gente se presenta al mundo de una determinada forma. La gente muestra «una vida» al mundo. Pero la miras detenidamente y ves que no es como te la presentan. En un momento dado el cielo está claro y azul. Y cuando vuelves a mirar está lleno de nubes de tormenta.

No tan aprisa, Mike. ¿No podemos hablarlo con más calma?

Todo está bien, coronel Tom... Todo está a la altura que tiene que estar. Su pequeña estaba en una encrucijada. No le estaba recetando esa mierda ningún médico. La conseguía en la calle. En la...

Mike, estás hablando muy alto. Yo...

En la puta calle, coronel Tom. Llevaba *un año* escudriñando y criticando su propia mente. Bax Denziger me ha contado que estaba empezando a perder la cabeza, y a equivocarse gravemente en el trabajo. Y a hablar de la muerte. De mirar a la muerte cara a cara, fijamente. Y las cosas fueron deteriorándose con Trader, porque Jennifer tenía una relación con otro hombre.

¿Con quién? ¿Con qué otro hombre?

Un tipo cualquiera. Que conoció en un bar. Puede que sólo fuera un flirteo, pero ¿se da cuenta de lo que eso significa? No se lo cuente a Trader. No se lo cuente a Miriam, porque ella...

Mike. ¿Qué diablos te pasa?

Es un patrón. Todo muy clásico, coronel Tom. Una putada. Un trozo de mierda.

Voy para allá.

No voy a estar. Escuche: estoy bien. Estoy perfectamente..., de veras. Un segundo... Así está mejor. Lo que me pasa es que estoy disgustada con todo esto. Pero ya ha acabado. Y usted debe dejarlo así, coronel Tom. Lo siento, señor. Lo siento tanto...

Mike...

Caso *cerrado*.

Se acabó. Ya pasó todo. Ahora me voy a Battery a recorrer su larga hilera de tabernas. Quiero llamar a Trader Faulkner para decirle adiós, pero el teléfono está sonando otra vez y se acerca el tren nocturno y oigo a ese saco de mierda sin picha descoyuntando las escaleras, y va a ver lo que sucede como se le ocurra impedirme el paso o simplemente mirarme de ese modo o abrir la boca para atreverse a decirme *una sola palabra*.

ÍNDICE